HÈQUE POUR-RIRE

PARIS

LIBRAIRIE POUR TOUS

135, RUE D'ALÉSIA, 135

AVIS. — *Lorsqu'un ouvrage, publié dans cette collection, comporte plusieurs volumes, chaque volume peut être acheté séparément.*

L. FRACHE 97

T OUVRAGE EST COMPLET EN TROIS VOLUMES

Les

Trois Cocus

T. III.

BIBLIOTHÈQUE POUR RIRE

à 50 centimes le volume.

(*Franco par la poste :* **60** *centimes.*)

L'avantage, en même temps que l'agrément de cette Bibliothèque, est de ne pas tomber dans le défaut des autres collections à bon marché, auxquelles on reproche en général *leur trop petit format.* Le format de nos élégantes plaquettes de la **BIBLIOTHÈQUE POUR RIRE**, in-18 jésus, dit format Charpentier, est celui-là même que tous les grands éditeurs ont adopté pour les volumes à 3 fr 50. Or, ainsi qu'on peut s'en rendre compte d'un seul coup d'œil, trois de nos volumes à 50 centimes, réunis ensemble, forment, pour les collectionneurs, un de ces volumes qui sont vendus partout 3 fr. 50 *et ne sont pas illustrés.*

Les volumes de notre collection sont donc élégants de forme, commodes pour la reliure, agréablement illustrés, et coûtent au public *moins que moitié prix* des ouvrages de la grande librairie, tout en étant plus beaux.

PREMIER VOLUME DE LA COLLECTION :

LES DIALOGUES DES COURTISANES

par **LUCIEN DE SAMOSATE**

suivis du **DIALOGUE SUR LA BEAUTÉ**, par le même.

Traduction de PAUL GILQUIN. — Dessins de GAPP.

Sceaux. — Imprimerie E. Charaire.

BIBLIOTHÈQUE POUR RIRE

Les Trois Cocus

(Mademoiselle Pélagie, culotteuse de pipes)

PAR

LÉO TAXIL

TROISIÈME VOLUME

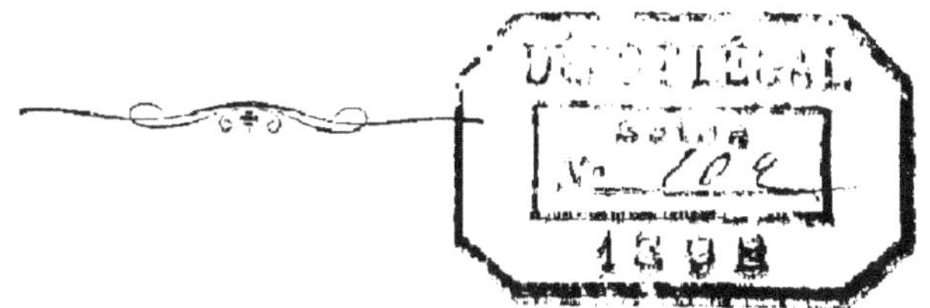

PARIS
LIBRAIRIE POUR TOUS
135, RUE D'ALÉSIA, 135
Dépôt central de publications d'Auteurs s'éditant eux-mêmes.

Les
Trois Cocus

(Mademoiselle Pélagie, culotteuse de pipes)

CHAPITRE XXV

Où les événements se précipitent.

TROIS mois se sont passés. Nous sommes à la fin de septembre.

Vu leur position sociale, Campistron et l'abbé Romuald ont évité de comparaître en correctionnelle pour ivresse publique. Le vicaire de Saint-Germain-l'Empalé a reçu une forte semonce à l'archevêché. Quant au colonel, il est rentré confus au logis conjugal sitôt qu'il a été relâché, et il a fait à Pauline de piteuses excuses au sujet de sa conduite : il ne parle plus, maintenant, à propos de bottes, de découper sa femme en morceaux ; il a beaucoup à se faire pardonner.

Mme Campistron, à la suite de cette aventure, voulait un procès en séparation. Heureusement, Larifla s'est fait, auprès de l'épouse outragée, l'avocat du mari coupable, et le colonel ne sait comment lui en témoigner sa reconnaissance. C'est Robert qui lui a obtenu le pardon et l'oubli ; il le proclame l'ange de son foyer.

Autre conséquence de l'affaire : Campistron et Troufignon n'y ont jamais rien compris; car le commissaire les a fait relâcher séparément, le lendemain de leur soulographie. On leur a dit, à chacun en particulier, qu'ils s'étaient pochardés d'une manière indigne : mais ils ont conservé l'idée un peu vague qu'il a été question d'un assassinat quelconque pendant leur ivresse.

Le colonel se dit :

— J'ai été saoul comme une bourrique, j'en conviens; mais on ne m'ôtera pas de l'idée qu'il y a eu un pékin assassiné dans ce restaurant du Bois de Boulogne... J'ai été même légèrement compromis et soupçonné de complicité... Il y a sans doute de hauts intérêts politiques qui ont fait étouffer l'affaire.

Le vicaire, lui, se dit :

— Je sais que j'étais ivre-mort; mais j'ai cru comprendre que j'ai été aussi victime d'une tentative d'assassinat. Il reste à mon aventure un côté mystérieux qu'il m'est impossible, quant à présent, d'éclaircir... Mes souvenirs me font défaut à partir du moment où j'ai roulé sous la table... Il me semble que mon curé et les deux Nymphes de la Rose s'en sont allés... Je me suis trouvé, longtemps après, dans le poste de police... Mon compagnon de violon m'a supplié de nommer mes assassins. C'est tout ce qui est resté dans ma mémoire.

Aussi, Troufignon, ayant rencontré un jour Campistron dans l'escalier du 47, l'a-t-il regardé de travers.

Et le colonel, à qui ce regard n'a pas échappé, pense :

— Ce curé se méfie toujours de moi.

Reste l'explication qui a eu lieu entre Robert Larifla et Marthe Mortier.

Les deux amants se sentaient coupables vis-à-vis l'un de l'autre. Marthe sait bien qu'elle a reçu Hulu-berlu pendant une courte absence du jeune docteur. Le curé a fermé la porte au verrou; on est venu frapper, puis, on s'en est allé. Mais ce qu'elle ignore, c'est que c'était tout bonnement le garçon de service qui avait fait toc-toc. Robert, par contre, sait très bien qu'enlevé par Pauline, il a planté là la présidente.

Ils se sont adressé des excuses mutuelles.

Marthe a prétendu qu'elle avait tiré elle-même le verrou pour éviter de se trouver nez à nez avec le premier indiscret venu qui aurait pu ouvrir la porte du cabinet particulier. Malheureusement, elle a éprouvé ensuite une défaillance, sans doute à cause de la chaleur, et, quand elle est revenue à elle, ç'a été pour constater, à son grand désespoir, que Robert était parti.

Comme la présidente a eu la mauvaise inspiration de s'expliquer la première, Robert a saisi la balle au bond. En effet, a-t-il affirmé, il a été surpris de trouver la porte fermée. Il a interrogé un garçon; celui-ci, confondant Marthe avec quelque autre dame, lui a dit, à coup sûr par erreur, qu'elle s'en était allée; il n'a rien compris à cela, et il a repris la voiture.

Tout a donc été arrangé pour le mieux, et les deux amants ne se sont jamais doutés de leur infidélité réciproque.

Le prêtre polonais qui a été arrêté au Louvre pour avoir tâté de trop près les rotondités de Mme Le Crêpu, n'a jamais voulu faire connaître son identité; il a donné un nom de fantaisie : le parquet n'a pas poussé plus loin les recherches, vu qu'il s'agissait en somme d'un délit peu grave; mais notre tâteur de rotondités a pincé le maximum, ce qui lui vaut d'être à l'ombre au moment où vont se passer les autres événements de cette histoire. Le gaillard n'est donc plus dans la circulation.

Nos lecteurs ont bien compris que ce soutanier exotique n'est autre que le prêtre polonais dont Philéas Grisgris possède les papiers et dans la peau duquel il s'est installé.

Notre pompier fait de notables progrès dans la science sacerdotale. Irlande et Scholastique lui ont acheté quantité de bréviaires, catéchismes et autres bouquins sacrés qui l'ont mis tout-à-fait au courant de sa nouvelle profession.

Elles ont tenu à lui apprendre, elles-mêmes, à dire la messe à la mode française.

Dans une chambre, elles ont improvisé un oratoire. Jusqu'à ce qu'il ait connu son affaire sur le bout du doigt, elles lui ont fait répéter le saint sacrifice cinq et six fois par jour.

Philéas s'est prêté volontiers à cette manœuvre; car, sous prétexte de communier sous les espèces liquides, il a mis à sec de nombreuses bouteilles de vieux madère.

Bref, il dit à présent sa messe et administre des absolutions comme s'il n'avait jamais fait que cela toute sa vie.

En revanche, Irlande et Scholastique chantent à genoux des chansons provençales, convaincues que ce sont des cantiques polonais. Elles en savent une collection très variée.

Le faux Groussofski, à la suite de son embrassade

Sous prétexte de communier avec le sang du Christ, le faux Polonais a mis à sec de nombreuses bouteilles de vieux madère. (*Chap. XXV.*)

avec la Granciel des Lys sur l'escalier d'honneur de l'archevêché, a trouvé, glissée dans sa ceinture, la carte de visite de la marquise. Intrigué, il s'est rendu sans tarder à la maison de la rue du Cherche-Midi; mais il n'en a rien dit aux vieilles filles. La marquise l'a fort bien accueilli, quoiqu'il ne fût présenté par aucun de ses collègues à tonsure. On lui a octroyé quatre marraines : il a subi ses épreuves vaillamment; Sainte-Chipie a déclaré qu'elle était folle de lui; on lui a révélé l'attouchement et le mot sacré. En résumé, son initiation lui a coûté deux louis. Il a pensé que c'était cher. La Granciel ne s'est pas privée de dire que dans l'autre franc-maçonnerie, cela coûtait des fois plus de cent francs et qu'on n'avait pas les mêmes agréments que dans le Temple des Nymphes de la Rose. Après tout, comme ce n'était pas son propre argent qui était à la danse, Grisgris a conclu que cela lui était bien égal et qu'il reviendrait.

Il est revenu, en effet, trois jours après et a fait la connaissance de Troufignon.

Les deux prêtres se sont nommés l'un à l'autre.

— Tiens! a dit Grisgris, c'est à vous que je suis recommandé... Vous m'excuserez, si je ne suis pas encore allé vous voir... Une bronchite aiguë m'obligeait à garder la chambre...

— Oui, je sais, vous êtes chez les demoiselles Duverpin en qualité d'aumônier. A propos, vos papiers que vous m'avez envoyés... il m'est arrivé un accident... Dans un omnibus, un filou, sans doute, m'a volé le portefeuille où je les avais renfermés...

— Vous n'avez plus mes papiers?

— Non, mon cher... Mais, espérons-le, avec l'aide du ciel et surtout de la police, nous les retrouverons quelque jour...

— Fichtre! c'est bien ennuyeux...

— A qui le dites-vous?... Ce portefeuille contenait encore des lettres et des notes à moi personnelles, que je ne pourrai jamais remplacer...

Le faux Groussofski avait promis, de son côté, de se livrer à des recherches. Dès ce jour, il fut l'ami de Troufignon.

Et Eglantine? allez-vous me dire.

La pauvre fille a bien du tracas, croyez-le. Pensez donc! Elle a sur le dos nos deux prêtres paillards, Huluberlu et Romuald. Le vicaire, heureux d'avoir été initié aux mystères des Nymphes de la Rose, en a témoigné sa reconnaissance à son curé en lui cédant la moitié de ses droits sur sa nouvelle pénitente, de telle sorte qu'Eglantine reçoit des absolutions des deux côtés. Heureusement, elle a une forte constitution et est capable de tenir tête à un régiment de confesseurs.

Le plumassier, lui, est de plus en plus convaincu qu'il est un magnétiseur de première force. Seulement, il n'a jamais pu trouver d'autre sujet que Larifla, et encore Larifla ne veut pas toujours se prêter à ses expériences.

Notre ami Robert prétend que le sommeil magnétique nuit énormément à sa santé. Il a été, affirme-t-il, très fatigué à la suite de la première séance dans laquelle il a révélé au mari de Gilda l'existence, jusqu'alors inconnue, d'un trésor dans une cave.

Paineuit veille précieusement sur ce « cher Larifla ». Il l'invite sans cesse à dîner et lui fait toujours servir les mets les plus exquis, les morceaux les plus délicats. Tout le meilleur de sa cave est à la disposition de son sujet.

Le plumassier est travaillé par cette idée du trésor qu'il découvrira dans la compagnie d'un nègre.

Mais quand lui sera-t-il donné de rencontrer ce nègre ?

D'autre part, Larifla continue, comme vous pensez bien, à donner à Gilda des leçons de cosmographie. Cela fait plaisir à Paincuit de penser que sa femme s'instruit dans la science des astres. Il demande de temps en temps à Robert si Mme Paincuit fait des progrès.

— Oh ! répond le professeur ès-conjonction des centres, c'est une excellente élève... Elle est très docile et retient merveilleusement toutes mes leçons.

— Et où en êtes-vous ensemble de vos études astronomiques?

— Nous en sommes aux comètes.

— Aux comètes?... Vous voulez dire, sans doute, ces étoiles qui ont une queue?

— Mais oui, certainement ; on ne leur donne pas d'autre nom.

— Y a-t-il du monde dans les comètes, monsieur Robert ?

— S'il y a du monde !... Apprenez, mon cher monsieur Paincuit, que non seulement les comètes sont habitées, mais encore que leurs habitants constituent une humanité d'une espèce tout à fait parfaite.

— Vraiment?

— Ainsi, pour ne vous citer qu'un exemple, un exemple matériel, tout se passe avec ordre et logique dans les comètes. De même que chez nous, ces astres ont une humanité divisée en plusieurs races de différentes couleurs; mais ce qui distingue les habitants des comètes des habitants de la terre, c'est que ceux-là digèrent et évacuent d'une manière conforme à la couleur de leur peau.

— Quoi! les nègres des comètes font du caca noir?

— Oui; et les blancs font du caca blanc.

— C'est merveilleux!

— Non, monsieur Paincuit, c'est tout simplement logique.

— Comment, diable, sait-on tout cela?

— Dame, la science a fait de tels progrès!... On possède à présent des télescopes avec lesquels on distingue une épingle à des milliards de lieues.

— Tiens! vous me donnez une idée... Il faudra que j'achète cette année à ma femme un télescope pour ses étrennes.

On voit par là que Larifla — l'ange du foyer de Campistron — a également ses grandes et petites entrées dans le ménage Paincuit.

Chez le président, il n'est pas mal reçu.

La première impression avait été mauvaise pour M. Mortier, nous le savons. Ce magistrat, homme vénérable et sérieux, ne pouvait pas admettre qu'une autruche habitât sous le même toit que lui. Du moment que Pélagie est égarée, il n'a plus aucune raison de ne pas voir Robert de bon œil. Pour le principe, il soutient toujours le droit du propriétaire à ne pas vouloir d'un tel animal dans sa maison; quand le procès viendra à se plaider, il n'est pas douteux qu'il donnera raison à M. Tardieu contre Larifla; mais il fait néanmoins un excellent accueil à celui-ci.

Ils se sont rencontrés dans plusieurs soirées, tant chez le colonel que chez M. Paincuit. Ils sont dans les meilleurs termes.

Larifla plaît au président.

— Sous ses apparences légères, dit M. Mortier en parlant de Robert, ce garçon est un modèle de moralité; tous nos jeunes gens du quartier Latin devraient prendre exemple sur lui.

En effet, le magistrat a une marotte : il voudrait ramener les étudiants et les étudiantes à des mœurs virginales.

Il a fait part de son idée à Robert, qui lui a donné une complète approbation.

— Voyez-vous, monsieur Larifla, s'écrie le président, ces jeunes gens font mon désespoir. Ils se vouent les uns les autres, sans le savoir, à une damnation éternelle. Quand je reviens le soir du tribunal et que je vois cascader ces étudiants et ces grisettes, je ne puis songer sans frémir qu'ils sont la proie du démon de la luxure.

— Le plus horrible de tous les démons, ajoute Robert, un démon aux griffes duquel il est presque impossible de s'arracher.

— Mais le remède! quel est le remède qui fera disparaître le mal de notre cher quartier des Ecoles?

— Ah! monsieur le président, il y a remède à tout; mais je crois que celui-ci sera difficile à trouver.

— En cherchant bien, cependant...

— C'est cela, cherchons.

Aussi, M. Mortier et l'ingénieux Larifla se sont-ils fouillé la cervelle pour découvrir le moyen de faire revenir les jeunes dissolus de la rive gauche à la continence la plus parfaite.

Un matin, Robert est venu dire au président :

— *Eurêka!*

— Vous avez trouvé?

— Oui.

— Parlez, mon ami.

— C'est simple comme bonjour... Aujourd'hui, on obtient tout ce qu'on veut avec une bonne publicité. Pour qu'un produit quelconque réussisse, il lui faut une forte réclame... Faites donc de la publicité et mettez en annonce vos sentiments de moralisation...

— Tiens, vous avez peut-être raison, ma foi.

— Une grande annonce, peinte sur une muraille.

— Eh ! eh ! l'idée me sourit assez....

Après avoir mûri la chose, le président a donc loué à une agence de publicité tout un mur de maison bien en vue dans le quartier Latin, et il a fait peindre à ses frais, en grandes lettres blanches sur fond bleu, de salutaires conseils aux étudiants et aux grisettes. Cela lui coûte vingt francs par an et par mètre carré, et il a inscrit à son budget une gigantesque annonce d'une quarantaine de mètres carrés.

Ne croyez pas que l'auteur de ce récit invente. L'annonce moralisatrice du président Mortier existait encore il y a douze ans, et les habitants du quartier peuvent en témoigner. Elle était située à l'angle de la rue Soufflot et de la rue Saint-Jacques, tout auprès du Panthéon ; elle occupait la superficie d'une immense muraille : cinq mètres et demi de largeur sur sept mètres de hauteur.

Au surplus, la voici telle quelle :

AUX LIBERTINS

Celui qui achète et avilit la femme, la fille ou la sœur d'un autre, voudrait-il que l'on traitât de même sa femme, sa fille ou sa sœur?

LE MARIAGE

est honorable, dit la Parole divine; mais Dieu jugera les impudiques et les adultères.

PAUVRES BREBIS ÉGARÉES!

Vous riez aujourd'hui!... Demain, vous serez lâchement abandonnées, — puis, pour toujours méprisées.

JEUNES GENS!

La vie morale est une lutte noble, et non un asservissement honteux. Si **l'AMOUR IDÉAL** élève l'homme, **l'AMOUR BESTIAL** le ravale!

Écoutez tous!... Écoutez tous!...

Au nom de l'honneur! au nom de la Patrie! au nom de vos familles! au nom de vos souvenirs d'innocence! au nom de votre salut éternel!

Pleurez sur vos souillures,
Demandez grâce au SAUVEUR qui pardonne
et qui purifie, et il vous relèvera.

Je *le* répète, cette annonce, peinte sur un mur, a existé bel et bien, et je serais désolé que mes lecteurs crussent à une plaisanterie de ma part.

Malheureusement, elle n'a jamais converti un étudiant ni une grisette.

Le bruit se répandit dans le quartier Latin que cette invitation à la continence était une nouvelle blague du célèbre farceur Sapeck, dont nous avons parlé au commencement de cet ouvrage.

Sapeck, terreur des concierges et roi des bons vivants, possédait, on le sait, une certaine fortune qui lui permettait de grever son budget annuel d'une publicité murale, s'il en avait eu la fantaisie.

Aussi, la jeunesse étudiante allait-elle en pèlerinage contempler quelquefois la curieuse réclame de la rue Soufflot, et comme chacun l'attribuait à Sapeck, on trouvait que c'était une fumisterie très drôle.

M. Mortier était donc navré du résultat.

D'autre part, ayant rendu un matin visite à ses sœurs Irlande et Scholastique, quel ne fut pas son étonnement en les trouvant flanquées d'un aumônier?

Scholastique a fait alors une confidence au président.

Elle est ou du moins elle se croit dans une situation horrible : elle craint d'être possédée du démon.

C'est un clystère qui est cause de ce tracas.

Les deux sœurs possèdent en commun un clysopompe d'ancien système. Cet instrument ayant cessé de fonctionner pour un motif quelconque, Scholastique l'a porté à réparer chez le lampiste de vis-à-vis. C'était un samedi au soir.

Mais voilà que le lundi matin le lampiste arrive tout radieux, avec le clysopompe raccommodé, et sa facture.

— Jésus! Marie! Joseph! clama Scholastique, mais je n'en étais pas si pressée que cela!

— Cela ne fait rien, ma bonne demoiselle; je ne lambine pas à la besogne, moi... Sitôt qu'on me donne un travail à faire, v'lan! ça y est.. Voilà comment je suis!...

— Mais, malheureux que vous êtes, pour raccommoder mon clysopompe, vous avez travaillé hier, n'est-ce pas?

— Dame, oui.

— Hier, c'était dimanche.

— Parbleu, puisque aujourd'hui c'est lundi!

— Horreur! vous avez travaillé pendant le repos du Seigneur!

— S'il vous plaît?

— Vous avez commis un péché mortel!

— Comprends pas.

— Un péché mortel à cause de moi!

— C'est possible... Je ne dis pas non, si ça peut vous faire plaisir.

— Oh! mon Dieu! mon Dieu! quel malheur!

Enfin, Scholastique accepta — il le fallait bien — son clysopompe raccommodé un dimanche.

Mais elle avait je ne sais quels sinistres pressentiments.

La première fois qu'elle s'en servit — ô épouvante! — elle eut, dans la journée même, une colique atroce.

Etait-ce le doigt de Dieu qui se vengeait?

Scholastique confia son chagrin à Philéas (c'ést-à-dire à son abbé Groussofski) et à Irlande.

Tous deux furent d'avis que ce qui arrivait était déplorable, et que Scholastique devait offrir sa colique à Dieu en expiation du péché mortel du lampiste.

Ainsi il fut fait. Seulement, la colique persista. Dieu sans doute, la refusait.

Alors, l'infortunée dévote se sentit envahie par un effroi extraordinaire.

Ce n'était peut-être pas la colique qui avait établi domicile en elle; c'était Satan en personne.

En effet, voici quel était le raisonnement limpide de la malheureuse fille :

Dès le péché mortel du lampiste, Lucifer avait dû s'installer dans le clysopompe profanateur et sacrilège.

Elle avait commis l'imprudence de mêler un lavement à l'esprit diabolique, et, sous le mouvement du piston, lavement et diable mêlés s'étaient introduits dans ses entrailles.

Rien n'était moins discutable.

Je vous laisse à penser si Scholastique n'en menait plus large. Elle se tordait, en proie au malin, récitant à tous les saints du calendrier des litanies et des oraisons jaculatoires.

Hélas! trois fois hélas! Satan tenait bon et se refusait à déguerpir.

Irlande proposa à sa sœur de recourir à l'exorcisme.

On expliqua à l'aumônier ce que signifiait ce mot français qu'il n'avait jamais entendu.

— C'est ce que nous appelons, dit-il, en polonais, une « tartanpouille ».

Dans le bréviaire que les deux sœurs avaient acheté à l'abbé, il n'était pas question des exorcismes; mais Philéas ne s'embarrassait pas pour si peu.

— Je vous en flanquerai une de mon pays, déclara-t-il; le Père Éternel entend toutes langues.

Il ordonna d'abord que Scholastique prendrait un lavement à l'eau de Lourdes. C'est ça qui embêterait Lucifer !

On se procura un demi-litre d'eau miraculeuse, et le clysopompe fut rempli.

Scholastique accepta l'opération, en victime résignée. Ce fut Irlande qui manœuvra le piston, et, pendant ce temps, Philéas, bénissant avec gravité la patiente, prononça l'exorcisme suivant :

— *In nomine Patris, et Filii, et Spiritus Sancti. Aquello empègo, pito-mouffo, darnagas et rascazetto. La reino Saboou in sæcula sæculorum. N'a deis musclos sous leis roccos! Capefigue a l'omnibus. Patin couffin, cagalabri, santibelli de bouffarèou, Dominus vobiscum! Passarès? Amen!*

Mais, pour surcroît d'infortune, il paraît que le Très-Haut ne comprend pas le polonais ; car il ne prit pas en considération la prière de l'abbé Groussofski.

Après l'exorcisme, comme avant, la colique de Scholastique était vraiment atroce.

— Ce n'est pas un démon que vous avez en vous, conclut Philéas, c'est toute une légion de diables.

— Que faire alors, monsieur l'abbé, que faire?

— Je ne vois plus qu'un moyen de vous en tirer...

— Lequel ?... De grâce, indiquez-le-moi !

— Un voyage à Lourdes et un plongeon dans la piscine.

Aussitôt dit, aussitôt résolu.

Les deux sœurs arrêtèrent incontinent un pèlerinage prochain à la vierge de Bernadette, qui ne pouvait se refuser à chasser la légion de diables du corps d'une personne aussi chaste.

Il va sans dire que l'aumônier devait être de la partie.

Pendant qu'Irlande manœuvrait le piston et que Scholastique recevait le clystère à l'eau de Lourdes, Philéas exorcisait la patiente. *(Chap.) XXV.*

CHAPITRE XXVI

Où le lecteur revoit Pélagie.

ARBLEU! c'est Pélagie! s'était écrié Larifla, tandis que le faux Groussofski débitait son exorcisme.

Ce qui avait fait pousser cette exclamation à notre ami Robert était sans rapport direct, ni même indirect, avec l'opération de Scholastique, puisque le lavement à l'eau de Lourdes s'administrait rue Copernic, tandis que l'exclamation du propriétaire de Pélagie était poussée boulevard Saint-Michel.

Il n'y avait, dans ces deux faits, qu'une simple coïncidence de jour et d'heure.

Larifla lisait un journal.

Ses regards étaient tombés sur le fait-divers suivant :

« Une autruche merveilleuse. — *La Sentinelle de Tarbes* signale le passage, dans le département des Hautes-Pyrénées, d'une troupe de saltimbanques nomades qui exhibent une autruche réellement remarquable. Cet animal, paraît-il, accomplit des tours étonnants. Fumer la pipe ne lui est qu'un jeu... »

Etc., etc., etc.

Il descendit comme une trombe chez le père Orifice, et, lui mettant ses deux poings sous le nez, il lui dit :

— Scélérat de portier, tu n'as pas tué Pélagie, mais tu l'as vendue à des saltimbanques! Dis-moi le nom du recéleur ou je t'étrangle!

Le père Orifice regarda Larifla d'un air hébété, puis il se mit à aboyer.

Le locataire de l'entresol, voyant qu'il ne pourrait

rien tirer de ce concierge abruti, lui allongea un renfoncement sur sa barrette en velours et regrimpa chez lui.

Là, il s'enferma dans sa chambre et se promena longtemps, s'abandonnant à de nombreuses réflexions...

... Il ne s'était pas trompé, c'était bien Pélagie.

Elle avait suivi, comme on sait, quelques Zoulous, ses compatriotes, qui, de passage à Paris, étaient venus pour serrer la main à Robert et ne l'avaient point trouvé. Le père Orifice leur avait même donné à entendre que Larifla était mort. Ces Zoulous avaient fait la rencontre d'une troupe de montreurs de curiosités vivantes : un bon prix avait été offert de Pélagie, et l'autruche était devenue ainsi la propriété de la troupe Athanase Veauluisant.

Tandis que Robert lisait les nouvelles reproduites d'après la *Sentinelle de Tarbes*, les saltimbanques venaient de planter leurs tentes à Argelès, chef-lieu d'arrondissement des Hautes-Pyrénées.

Athanase Veauluisant était un ancien peseur de commerce de Bordeaux, bâti en hercule ; il s'était mis dans une troupe foraine, où il jonglait avec des poids, ce qui lui faisait dire qu'il n'avait pas changé de métier. Rosalinde, la femme du directeur, était une colosse. Son mari étant trépassé, elle donna son cœur, sa main et ses formidables mollets à Veauluisant, qui fut mis ainsi à la tête de la troupe.

Notre homme avait un caractère grincheux en diable; mais cela ne l'empêchait pas d'avoir quelquefois des idées.

Ainsi, il imagina de transformer sa femme en négresse. La belle Rosalinde, dite jusqu'alors la Pyramide d'Auvergne, devint la superbe Tatakoukoum, dite la Colosse du Soudan.

Le matin de chaque représentation, Athanase, armé d'un pot de noir et d'une brosse, cirait consciencieusement sa plantureuse moitié.

Un jour, il arriva à nos saltimbanques une bien curieuse aventure.

Veauluisant et Tatakoukoum avaient vidé ensemble un nombre respectable de bouteilles, et le cirage de madame n'avait, bien certainement, pas été fait avec toute l'attention nécessaire.

Le moment de l'exhibition arrive.

Le rideau se lève, la superbe Tatakoukoum paraît sur la scène.

— Mesdames et messieurs, ainsi que vous, nobles militaires, commence-t-elle d'une voix flûtée, je suis la Colosse du Soudan. Née au centre même de l'Afrique, je n'ai pas connu mon père ni ma mère; comme Moïse, dont il est parlé dans les livres du moyen-âge et des temps encore plus reculés, j'ai été abandonnée aux bords du Nil, mais dans les environs des sources mystérieuses de ce fleuve sans précédent dans l'histoire. Un couple de crocodiles, dont le fils unique avait été dévoré au sortir de l'œuf par un léopard carnassier, me prit en affection et m'adopta; je tétai du lait de crocodile. C'est pour cela, mesdames et messieurs, ainsi que vous, nobles militaires, c'est pour cela dis-je, que j'ai dans les veines un sang

Le matin de chaque représentation, Athanase Veauluisant, armé d'un pot de noir et d'une brosse, cirait consciencieusement sa plantureuse moitié. (*Chap. XXVI.*)

indomptable, tout en étant d'une sensibilité vraiment extraordinaire; car le crocodile est un animal très calomnié, et moi qui ai eu deux de ces amphibies pour père et mère nourriciers, je puis dire que le crocodile n'a pas la cruauté qu'on lui attribue, qu'il est d'un naturel facile à émouvoir, et même qu'il pleure comme un enfant en bas âge.

A ce passage du boniment, Tatakoukoum s'interrompt et se met à pleurer pour imiter le crocodile.

Après une minute de cet exercice, qui a le don d'attendrir les nourrices de l'auditoire, elle reprend :

— Mesdames et messieurs, ainsi que vous, nobles militaires, vous voyez en moi la créature la plus robuste qu'aient enfanté l'Afrique et les sables brûlants du grand désert. Le sang de mes veines est indomptable, comme j'ai eu l'honneur de vous le dire; le docteur Livingstone, dont j'ai guidé les pas pendant sa recherche des sources du Nil, affirme, dans ses *Mémoires*, que, m'ayant pratiqué une saignée, il ne saurait comparer mon sang qu'à de la lave du Vésuve.

Mouvement d'admiration du côté des sapeurs.

— A onze ans, je fendis un palmier en deux comme s'il s'était agi d'un simple fétu de paille, et le fils du roi de la tribu des Krikochouchou m'ayant manqué de respect dans une cérémonie publique, je le pris par un pied, le fis tournoyer à travers l'espace et le projetai à soixante mètres, ce qui occasionna sa mort; car, dans sa chute, il se brisa le crâne sur la pointe d'un obélisque planté

au milieu d'une oasis en mémoire d'une bataille célèbre où les Krikochouchou avaient battu à plate couture les Bomb-Akoko. Je fus alors l'occasion et le prétexte d'une nouvelle guerre. Les Krikochouchou m'ayant capturée traîtreusement pour venger le trépas lamentable du fils de leur roi, les Bomb-Akoko, qui avaient pour moi une grande estime, relevèrent le gant, se ruèrent sur leurs ennemis et me délivrèrent. Vous voyez, par ce rapide aperçu de mon histoire, que j'ai eu une enfance très accidentée. Je ne vous raconterai pas mes autres péripéties et aventures, à la suite desquelles je vins en France pour m'instruire dans l'art de la civilisation et les belles-lettres, noble pays qui est devenu ma seconde patrie et où j'ai reçu le saint baptême, sans compter celui qui est administré aux passagers des navires en traversant l'Équateur. Mais je n'abuserai pas de vos instants précieux, mesdames et messieurs, ainsi que vous, nobles militaires, et, pour combler les vœux de vos légitimes impatiences, je vais avoir l'avantage de vous montrer l'un des mollets, admirables de souplesse, de vigueur et de carnation, dont la Providence, dans sa toute puissante générosité, m'a fait la grâce de me doter.

Le boniment fini, Tatakoukoum relève un côté de sa jupe et exhibe l'un de ses mollets.

L'assistance se pâme et s'extasie.

On crie : Bravo!

Un vieux sergent affirme n'avoir jamais vu un mollet « aussi corpulent ».

Mais un amateur, insatiable d'exhibitions, a la baroque idée de réclamer l'autre mollet.

Tatakoukoum, esquissant son plus gracieux sourire, retrousse l'autre côté de sa jupe et montre un mollet... blanc.

Athanase Veauluisant avait oublié de le cirer.

La vue de ces mollets dépareillés provoque dans l'assistance une explosion de fou rire, qui est bientôt suivie des murmures des mauvais coucheurs.

— Nous sommes volés, disent les paysans à tempérament hargneux, rendez l'argent!

Veauluisant, qui tient à la recette, ne perd pas la carte. Il s'élance sur la scène et beugle d'une voix de stentor :

— Non! mesdames, non, messieurs! non, vertueux et nobles militaires! non, vous n'êtes pas volés! Vous êtes en présence d'un de ces mystères insondables de la nature. Vous avez tous appris dès le berceau que les grandes frayeurs produisent un étrange phénomène en blanchissant instantanément, en tout ou en partie ,les individus qui les éprouvent. C'est ainsi que des jeunes bruns, à la chevelure d'un noir de corbeau, ont eu subitement leur crinière blanc de neige à la suite d'une épouvante, parce que chez eux la frayeur s'était portée dans les cheveux. Eh bien, un phénomème analogue s'est produit, il y a six ans, sur la superbe Tatakoukoum, mon épouse, et c'est ce qu'elle allait avoir l'honneur de vous expliquer, si elle n'avait été interrompue : ma cage aux serpents avait été laissée ouverte la nuit par mégarde, et le matin Tatakoukoum se réveilla brusquement, enlacée par les reptiles. N'étant pas préparée à cette surprise, elle éprouva dans son sang la révolution dont je viens de parler; seulement, chez elle toute la frayeur s'est portée vers la jambe gauche. Voilà pourquoi son mollet gauche est blanc.

Et, comme quelques malins faisaient mine de ne pas être convaincus, Athanase Veauluisant ajouta :

— Afin, messieurs, dames et militaires, que vous vous rendiez compte par vous-mêmes de l'effet que peut produire sur des personnes non préparées à la surprise une subite invasion de reptiles, je vais lâcher mes serpents... Allons, Tirelampion, ouvre la cage !

Tirelampion était un des acteurs de la troupe.

A peine Athanase avait-il donné l'ordre d'ouvrir la cage aux reptiles, qu'une demi-douzaine de serpents firent irruption sur la scène en sifflant et agitant leurs têtes plates.

Ce fut un sauve-qui-peut général; personne ne demanda son reste. Veauluisant, riant de bon cœur, en fut quitte pour faire rentrer sa ménagerie, car ses serpents étaient inoffensifs et apprivoisés.

Néanmoins, il ne séjourna pas plus longtemps dans la localité, et dès le soir même il pliait bagage.

Grâce à cette anecdote, voilà nos saltimbanques suffisamment présentés au lecteur.

J'aurai tout dit quand j'aurai ajouté que l'autruche de Larifla faisait partie de la troupe depuis seulement six semaines, et que le personnel du théâtre ambulant d'Athanase Veauluisant se composait, outre Tatakoukoum et Tirelampion, de trois musiciens, d'un homme caoutchouc, d'un jongleur indien, d'une jeune danseuse de corde nommée Mlle Zodiaque, et de quelques chiens et singes savants.

Dans les grandes occasions, la troupe ne se contentait pas de vulgaires exhibitions. Elle jouait aussi le drame, et spécialement *La Tour de Nesle*, remaniée par Athanase Veauluisant. Le rôle de Marguerite de Bourgogne, transformée en reine négresse, était tenu par Tatakoukoum ; le jongleur indien jouait celui d'Orsini ; l'homme-caoutchouc et Tirelampion devenaient les frères d'Aulnay ; Mlle Zodiaque était la compagne des débauches de Marguerite.

Quant à Athanase, c'était lui qui se chargeait de Buridan, et pour rendre son personnage encore plus dramatique, à la scène du cachot, il avalait des étoupes en feu. Les autres rôles étaient supprimés. Par contre, dans un acte, Veauluisant avait introduit un divertissement exécuté par les chiens et les singes, et, à l'orgie de la tour, on voyait apparaître les serpents. Jamais le drame d'Alexandre Dumas ne donna autant le frisson. Le mari de la Colosse du Soudan projetait même de mettre en scène l'autruche, pour ajouter à l'œuvre encore plus de relief.

A Luz-Saint-Sauveur, la troupe avait obtenu de grands succès. De là, elle était venue à Argelès. Ensuite, elle comptait passer par Lourdes, Bagnères-de-Bigorre, Saint-Gaudens ; car elle exploitait en ce moment le sud-ouest, et particulièrement la région des Pyrénées.

Pélagie, dont Veauluisant ignorait le nom, avait été gratifiée de celui de Cachemire.

Les affiches du saltimbanque étaient alléchantes ; elles portaient ceci :

HABITANTS D'ARGELÈS ET DES COMMUNES VOISINES!

« Toute la haute société de votre canton ne manquera pas de se donner rendez-vous dans le coquet théâtre d'Athanase Veauluisant, ne serait-ce que pour voir et admirer la gracieuse Cachemire, autruche du Cap, qui fume la pipe et avale des lapins tout crus, et la superbe Tatakoukoum, dite la Colosse du Soudan, jeune personne pesant trois cent quatre-vingts livres, élevée par des crocodiles dans les sables du désert.

« Le directeur de la troupe, lui-même, ne dédaignant pas de se donner en spectacle, tiendra à bras tendus des poids de 100 kilos, récitera des poésies du grand poète national Deroulède et avalera des étoupes enflammées.

« Vous contemplerez les formes gracieuses de la ravissante Mlle Zodiaque, plus légère que les sylphides du Grand Turc, laquelle dansera un cavalier seul sur une corde raide, sans émotion ni balancier.

« Vous serez émerveillés par l'élasticité prodigieuse de l'homme-caoutchouc, qui se replie sur lui-même, ni plus ni moins qu'une serviette, et se renferme dans une contrebasse.

« Vous applaudirez avec frénésie aux innombrables tours d'adresse du mirifique Bribristoll, jongleur indien, médaillé du roi de Perse, et vous vous esclafferez de rire aux joyeuses facéties de Tirelampion, incomparable jocrisse breveté et inédit.

« Le soir seulement, pantomime militaire par des chiens et singes spéciaux, et repas des serpents du Mississipi.

« Orchestre d'élite. On ne paie qu'en sortant. L'armée est admise en demi-places. »

CHAPITRE XXVII

Les voyageurs pour Lourdes, en voiture!

Comme résultat de ses réflexions, Larifla décida qu'il se rendrait incontinent dans les Pyrénées.

Toutefois, il ne divulgua pas le but de son voyage.

Le jour même, il annonça aux trois dames Paincuit, Mortier et Campistron qu'il partirait pour Lourdes avant la fin de la semaine.

Une si brusque détermitation fut un sujet d'étonnement pour tout le monde.

Aux diverses questions qui lui furent posées, il répondit :

— C'est mon secret... Ne m'en demandez pas davantage.

Il fallut bien se contenter de cette explication.

Seulement, la résolution de Larifla en entraîna d'autres semblables.

La colonelle, le soir, entre la poire et le fromage, dit à Campistron :

— Monsieur, je ne vous ai jamais plus reparlé, depuis trois mois, de votre scandaleuse équipée du Bois de Boulogne...

— C'est vrai, Pauline, tu as eu la délicatesse de ne pas me retourner le fer de ton ressentiment dans la plaie de mon inconduite.

— Aujourd'hui, j'ai pensé à une chose...

— Laquelle, Pauline?

— Comme vous pourriez succomber de nouveau aux tentations de la chair...

— Je te jure, Pauline, que...

— Ne jurez pas, monsieur!... J'ai résolu d'aller implorer moi-même, aux pieds de la Vierge, la grâce que vous ne retomberez plus dans l'affreux péché d'adultère... et c'est à Lourdes que je vais me rendre.

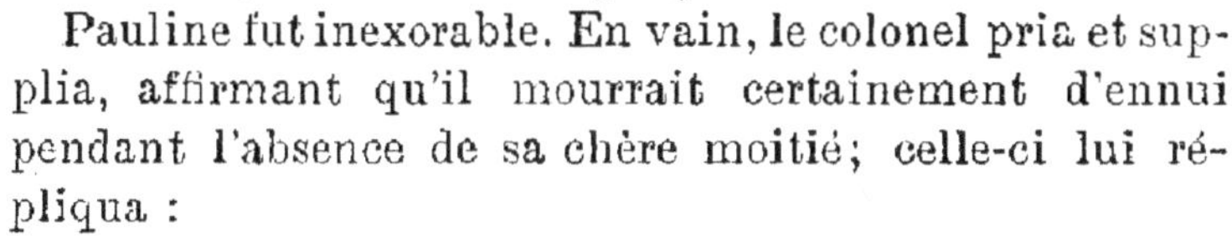

— Soit, Pauline, je suis prêt à t'y accompagner, bien que...

— Non pas! J'ai décidé que j'irai seule.

Pauline fut inexorable. En vain, le colonel pria et supplia, affirmant qu'il mourrait certainement d'ennui pendant l'absence de sa chère moitié; celle-ci lui répliqua :

— Tant pis, alors! Ce sera une preuve que Dieu veut que votre crime ait une expiation terrible.

Campistron n'insista plus.

Dans le ménage Mortier, dialogue dans le même genre, avec cette différence pourtant que Marthe n'imposa pas son départ comme une pénitence à infliger au président.

— Isidore, lui dit-elle, puisque votre grande exhortation aux libertins du quartier n'a pas jusqu'à présent porté de fruits, j'ai songé qu'un pèlerinage à Lourdes, entrepris dans le but de prier la bienheureuse Marie d'exaucer vos pieux désirs, serait d'un bon effet au point de vue de la régénération de la rive gauche.

— C'est là une idée admirable; malheureusement, tu sais que, malgré les vacances, je suis obligé de rester ici pour présider, par intérim, la chambre des flagrants délits. Je ne pourrai donc pas t'accompagner dans ce pèlerinage.

— J'en suis navrée ; mais je n'en partirai pas moins,

et ma pensée sera avec toi... Je te laisse Eglantine, afin que tu n'aies pas à subir le détestable ordinaire des restaurants.

Chez Paincuit, autre guitare :

— Devine, Néostère, fit la belle Gilda, quel rêve j'ai fait cette nuit ?

— Tu as rêvé d'une comète ?

— Pas précisément.

— De la lune, alors ?

— Non plus.

— Ma foi, je renonce à chercher.

— J'ai rêvé de ce trésor qui est dans la cave.

— Ah ! ah !

— Et une voix m'a dit : Qui cherche trouve.

— Oui, c'est juste; mais mon cas, à moi, est différent; tant que je n'aurai pas mis la main sur le nègre, il est inutile que je cherche ce bienheureux trésor ; je ne trouverai rien.

— Attends... La voix a ajouté : Que ton mari commence les fouilles, et toi, Gilda, va demander à la Madone son assistance, afin que le nègre, sans lequel le trésor ne peut être découvert, ne tarde pas à paraître.

— Bigre ! cela change les choses... Je comprends maintenant le proverbe: Aide-toi, le ciel t'aidera... Tu as raison, Gilda. Mon devoir est de commencer les fouilles ; toi, tu iras dans un sanctuaire en renom...

— A Lourdes, par exemple.

— C'est cela, à Lourdes... Et pendant que tu prieras la Madone, moi, je creuserai le sol de la cave, jusqu'au moment où paraîtra le nègre.

— Très bien, nous sommes d'accord.

— Je ferai même mieux. Je vais annoncer à mes employés, à mes amis, y compris Bredouillard, que nous partons en voyage ; seulement il n'y a que toi qui iras... Je m'enfermerai dans la cave avec une pioche, un matelas, et des provisions pour quinze jours... Personne ne me verra, personne ne se doutera de rien... Bravo! bravo!... Oh! que c'est heureux, Gilda, que tu aies eu ce songe!... Bien sûr, c'est l'esprit de quelque parent décédé qui nous aime, dont tu as entendu la voix pendant ton sommeil.

Ce n'est pas tout.

Marthe ayant dit à l'abbé Huluberlu qu'elle était obligée de s'absenter pendant quelques jours, celui-ci voulut en savoir la raison. La présidente déclara donc à son confesseur le voyage à Lourdes. Le confesseur, qui en tenait pour sa pénitente, pensa que, puisque Mme Mortier allait en pèlerinage sans son mari, l'occasion était excellente d'accompagner la belle.

Mais voilà! Huluberlu, qui était un client très assidu de la Granciel des Lys, s'empressa d'apprendre son départ aux Nymphes de la Rose.

Ce fut une explosion de cris dans le Temple.

— Eh bien, nous aussi, nous irons à Lourdes!

— Mais vous êtes folles, mes petites chattes, répondit le curé de Saint-Germain-l'Empalé. Qui trouverez-vous qui voudra se charger de trimbaler avec lui tout votre paradis de Mahomet?

Et toutes de hurler :

— Troufignon! Troufignon!

Justement, le vicaire arrivait.

Toutes les nymphes l'entourent, l'enlacent, l'embrassent à qui mieux mieux.

— N'est-ce pas, notre Romuald chéri, que tu vas nous emmener en pèlerinage à Lourdes ?

Troufignon est abasourdi en présence de cet accès subit de dévotion. Il reste deux ou trois minutes plongé dans le plus parfait ahurissement.

— Tu m'as promis un voyage, dit chacune des jolies nymphes ; tu vas me le payer, mon neveu !

Ce brigand de Troufignon avait, en effet, promis un voyage à chacune en particulier ; mais il ne s'attendait pas à ce que toutes lui demandassent de tenir sa promesse, surtout toutes ensemble.

Néanmoins, le premier moment de surprise passé, il dit :

— Ma foi, il y a une Providence pour les chevaliers des Nymphes de la Rose... J'ai été appelé ce matin chez un notaire, pour toucher l'héritage d'un parent éloigné, qui était mort il y a quelques jours sans même me prévenir... Le magot est de belle taille... Je puis donc payer un pèlerinage à tout le personnel du Temple... Seulement, que diable ! j'aurais préféré une série de petits voyages à deux...

— N'aie pas de regret, mon gros coco blanc, fit Papillon en s'asseyant sur les genoux du vicaire; ce ne sera que partie remise. Après le pèlerinage général, tu nous offriras à chacune le pèlerinage d'intimité...

Troufignon n'était pas un nigaud : il savait que la bêtise des bigots est, pour les curés, aussi inépuisable que lucrative. Il fit mentalement un petit calcul, puis il donna sa parole qu'il payerait la série des voyages intimes après la grande balade d'ensemble dans les Pyrénées.

Il reçut alors une véritable ovation. Ce fut à qui lui sauterait au cou en l'appelant « le Chevalier sans peur et sans reproche ». Huluberlu reconnut lui-même que son vicaire faisait bien les choses.

Séance tenante, on décida que Troufignon garderait le titre de « Chevalier sans peur et sans reproche », et qu'une dignité nouvelle serait créée exprès pour lui.

On voulait même le dispenser des épreuves, tant l'enthousiasme était grand; mais lui protesta.

— Non, non, fit-il, je ne veux aucune faveur. Puisque nos charmantes nymphes veulent bien m'élever en grade, j'exige que l'on me fasse passer par toutes les formalités de la promotion.

— Que t'es bête! ajouta Bruscambille, puisqu'on crée la dignité exprès pour toi, nous n'avons pas un rituel tout prêt, nous n'avons pas de formalités à te faire remplir.

Troufignon insista tant et si bien que le Chapitre des Nymphes de la Rose se réunit sur l'heure et arrêta l'ordre et la marche d'une cérémonie.

Le récipiendaire fut étendu par terre sur un grand tapis moelleux; on le déchaussa, et chaque nymphe vint, à tour de rôle, lui chatouiller délicatement la plante des pieds. Et c'étaient des rires, des sauts de carpe!...

Tandis qu'on était en pleines épreuves et que tout le monde s'amusait d'une belle manière, survint Philéas, dit Groussofski.

Il demanda ce que signifiait ce manège.

— C'est un de nos neveux qui monte en grade, lui expliqua la Granciel des Lys.

— Sapristi! il a de la chance... Je voudrais bien être à sa place.

— Sois sans crainte, fiston, ton tour viendra.

Quand la cérémonie fut terminée, il y eut une embrassade universelle et le champagne de rigueur.

Philéas, qui était curieux comme un gamin de quatorze ans, voulut savoir à quel propos on avait décerné à Troufignon ce titre épatant de « Chevalier sans peur et sans reproche ».

— Parce que, grâce à lui, lui répondit-on, nous allons toutes en pèlerinage à Lourdes.

— A Lourdes! clama Groussofski ; comme cela se trouve!... Justement, moi aussi, je vais partir pour la piscine miraculeuse.

— Tant mieux! conclut Huluberlu, plus on est de curés, plus on rit.

C'est le lendemain qu'il fallait voir la gare d'Orléans, dans la soirée, sur le coup de sept heures.

Robert Larifla arriva le premier à l'embarcadère du quai d'Austerlitz.

Quelle fut sa surprise en voyant descendre successivement de fiacre d'abord Pauline Campistron, puis la présidente, enfin la belle Gilda!

Résultat de la théorie de M. Alfred Naquet : il allait avoir trois femmes sur les bras.

— Vous partez donc en voyage, chère dame? demandait Mme Paincuit à Marthe Mortier.

— Oui, chère amie, je vais à Lourdes.

— Comme cela se rencontre! j'y vais aussi.

— Et vous, chère colonelle ?

— Mais, moi de même, mesdames.

— A Lourdes ?

— Précisément.

— Tant mieux! nous ferons route ensemble.

Les trois dames se rendirent auprès de Larifla, qui fumait un cigare sur le quai intérieur de la gare, et lui adressèrent une requête.

— Bien que nous voyagions sans nos maris, dit la présidente, parlant au nom de la galante trinité, nous ne tenons pas à prendre le compartiment des dames seules, où l'on s'ennuie à mourir. Voulez-vous, cher monsieur Robert, être assez aimable pour choisir avec nous un compartiment et nous tenir compagnie ?

Notre héros accepta ; mais, franchement, il était bien embarrassé. Chacune des femmes regardait les deux autres avec soupçon, et se disait :

— C'est singulier qu'elles fassent coïncider comme moi leur pèlerinage avec celui de M. Robert !

La série des étonnements n'était pas terminée.

Dix minutes avant l'heure marquée pour le départ du train, ce fut l'abbé Huluberlu qui arriva, muni de tout un assortiment de valises et de sacs de nuit. Puis, l'abbé Troufignon parut à son tour, avec une égale provision de malles et autres objets de voyage.

Une voiture suivait, pleine de colis analogues.

On eût dit qu'ils étaient chargés, à eux deux, des valises de tout un séminaire.

Ils firent enregistrer tout cela, prirent une provision de billets de première classe, et restèrent quelques instants dans la salle d'attente.

Alors, on vit entrer la marquise de Granciel des Lys, accompagnée de treize jeunes personnes aux minois plus ou moins fripons.

Tout un pensionnat de demoiselles, quoi !

Les deux prêtres échangèrent un rapide salut avec la présidente et montèrent dans le wagon qu'ils avaient retenu.

Huluberlu s'installa avec la marquise et six demoiselles dans un compartiment, et le vicaire dans le compartiment d'à côté avec sept demoiselles.

La marquise avait tenu à être de la partie, d'abord parce qu'elle ne pouvait se séparer de son pensionnat, ensuite pour ne pas laisser deux messieurs avec treize jeunes personnes ; ce qui eût été un très mauvais nombre.

Toute réflexion faite, le personnel du temple de la rue du Cherche-Midi n'était pas venu au grand complet. Huluberlu et Romuald n'étaient certes point, comme on pense, les seuls chevaliers des Nymphes de la Rose. Qu'auraient dit les autres chevaliers, si pendant quinze jours ils avaient trouvé le temple désert ?

On avait donc tiré au sort treize noms de voyageuses, et les autres nymphes avaient été confiées à la garde de la sœur Redoutable, personne aussi sage qu'expérimentée.

Tandis que les employés du chemin de fer procédaient à la vérification des billets, survint l'abbé Groussofski, flanqué d'Irlande, dont le visage respirait le plus parfait bonheur, et de Scholastique, qui se livrait à toutes sortes de contorsions. On les inséra dans le premier compartiment venu qui restait libre, la locomotive poussa ses sifflements aigus, et le train se mit en marche.

Au numéro 47 du boulevard Saint-Michel, ce même

soir, le père Orifice éprouva une bien vive émotion.

Il se promenait, lugubre, dans sa cour, levant vers le ciel son front chargé de sombres pensées, lorsqu'un homme parut devant lui.

A cette vue, le concierge poussa un cri :

— Le cul-de-jatte !

Le personnage cause de cette exclamation n'était pas cul-de-jatte du tout ; il était, au contraire, planté sur une paire d'interminables jambes.

C'était sir Ship Chandler.

Il avait avec lui sa fille Briséis, jolie comme un cœur, et possédant en outre un petit air malin qui disait beaucoup de choses.

— Le cul-de-jatte ! criait cet idiot de concierge; le cul-de-jatte !

Agathe, sa femme, accourut.

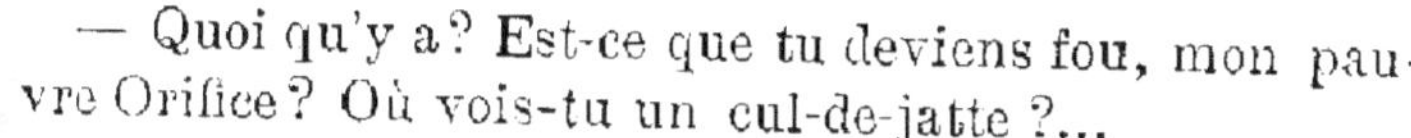

— Quoi qu'y a ? Est-ce que tu deviens fou, mon pauvre Orifice ? Où vois-tu un cul-de-jatte ?...

— Lui !

Et le doigt du portier montrait Ship Chandler impassible.

— Faites pas attention, monsieur, dit Agathe en jetant sur son légitime un regard de pitié; il bat la breloque... Qu'y a-t-il à votre service ?

— Je désirerais, madame, savoir si M. Robert Larifla est chez lui ?

A ces mots, nouvel accès du concierge.

— Tu vois bien, Agathe, hurle-t-il, tu vois bien que c'est le cul-de-jatte, puisqu'il demande mon bourreau de l'entresol!... Il a des jambes aujourd'hui... mais je le reconnais tout de même... La dernière fois qu'il est venu ici, il demandait aussi M. Larifla, et il ne m'arrivait pas à la ceinture... Je te dis que, depuis, les jambes lui ont poussé.

Le malheureux brouillait tout dans son cerveau obtus. Le jour où il avait vu un vrai cul-de-jatte subitement remplacé à ses yeux par le long et maigre Anglais, il avait cru avoir affaire à un sorcier jaillissant du sol. Puis, l'idée de cette apparition s'était peu à peu effacée de son esprit; mais il avait conservé dans sa mémoire le souvenir de ce tronc sans jambes, auquel, en lui-même, il donnait la physionomie de Ship Chandler.

Agathe obligea son mari à rentrer dans la loge et répondit à la question de l'Anglais.

Elle ne le félicita pas, par exemple, de compter M. Larifla parmi ses connaissances. C'était, à son dire, un rien qui vaille, qui avait pour maîtresse une autruche, affirmait-elle, et qui osait faire un procès au propriétaire parce que cette Pélagie avait disparu un jour qu'il était absent.

Comme si les concierges étaient chargés de veiller sur les autruches qui culottent des pipes!...

L'Anglais écouta ce verbiage sans sourciller; il se montra seulement contrarié quand Mme Orifice lui annonça le départ de Robert.

Il salua la portière et s'en retourna avec Briséis.

Au fond de la loge, le concierge s'était assis sur un escabeau et pleurait à chaudes larmes.

— Quel malheur! geignait-il, pourquoi ce coquin de

cul-de-jatte s'est-il mis maintenant à avoir des jambes!... Quel malheur! quel malheur! il s'est collé des jambes exprès pour venir me persécuter!

CHAPITRE XXVIII

Comment l'âme de Sélika prit son vol.

Quel voyage! quel voyage! Il faudrait être Homère ou Virgile pour le décrire avec tous ses détails bizarres.

Comment raconter les divers incidents qui se produisirent dans les compartiments occupés par les personnages que nos lecteurs connaissent?

Le compartiment de Troufignon fut surtout le théâtre de plusieurs scènes assez curieuses : mais n'insistons pas.

La situation la plus difficile était celle de Larifla.

Il eut soin, fort heureusement, de tirer le rideau abat-jour sur la lampe du wagon, de façon à donner une obscurité complète. Quand il pressait le genou de Marthe ou de Gilda, il avait besoin de ne pas être surpris par Pauline, et, quand il cueillait un baiser silencieux sur les lèvres de la colonelle, il ne fallait pas que la présidente et la plumassière pussent s'en apercevoir.

Dans ce wagon, la nuit fut donc relativement calme.

Le jour parut. Partout on admirait le beau paysage qui se déroulait rapidement sous les yeux émerveillés des voyageurs du train.

A Toulouse, il y eut un arrêt important. Il s'agissait

de donner aux voyageurs le temps de déjeuner au buffet.

Mme Mortier, tout en avalant à la hâte un potage bouillant, se demandait quel était ce troupeau de jolies pèlerines dont ses deux confesseurs s'étaient constitués les bergers.

Troufignon, particulièrement, l'intriguait.

Jamais le vicaire de Saint-Germain-l'Empalé n'avait été aussi frétillant.

Il sautait au cou de toutes les dames qui se trouvaient au buffet, sur le quai, dans les salles d'attente. Il les embrassait avec effusion, et s'excusait immédiatement auprès de chacune en disant :

— Je vous demande mille pardons, madame; mais je vous ai prise pour ma nièce... C'est étonnant comme vous lui ressemblez!

La présidente pensait en elle-même :

— Bien sûr, il y a quelque mystère là-dessous. Ce scélérat de Romuald n'a pas autant de nièces qu'il veut bien le dire, et il n'est nullement capable d'une telle quantité de méprises. Il faudra que j'aie le cœur net de tout cela.

Enfin, on arriva à Lourdes.

Robert, sitôt descendu à l'hôtel, se fit apporter tous les journaux du département et les parcourut avec avidité.

Soudain, il s'arrête dans sa lecture, se frotte les mains avec joie et dit :

— J'ai mon affaire!

— Quelle affaire? interrogent les trois dames anxieuses.

— Je reprends le train...

— Déjà?

— Je vais à Argelès.

— Eh bien, et la grotte? et le pèlerinage?

— Je ne vous ai jamais dit que je me rendais à Lourdes pour un pèlerinage.

— Ah bah!... et alors?

— Lourdes n'était pas pour moi un but définitif de voyage, mais un centre d'orientation.

— Cependant...

— Et voilà ; maintenant, je suis orienté, c'est à Argelès qu'il faut que j'aille.

— Je vous y suivrai, monsieur Robert, conclut la présidente.

Et la plumassière, et la colonelle, de répéter à leur tour :

— Je vous y suivrai.

Larifla promit toutefois de revenir à Lourdes et de rendre visite à la grotte à son retour d'Argelès, s'il réussissait dans ce qu'il espérait.

De Lourdes à Argelès, il n'y a pas loin.

Robert et ses trois compagnes retiennent des chambres, sitôt arrivés. Après quoi, on fait un tour dans la ville.

A l'angle formé par deux rues, Larifla réclame une halte et montre une majestueuse affiche :

— Voici ce que je cherche, dit-il.

Marthe, Gilda et Pauline n'en reviennent pas.

Elles lisent l'affiche.

« Théâtre Athanase Veauluisant », ainsi était intitulé le placard. « Troupe extraordinaire. Ce soir grand opéra : l'*Africaine*, avec introduction de quelques airs de la *Fille Angot* appropriés à la circonstance. Le rôle de Sélika sera tenu par une véritable négresse, la belle Tatakoukoum, qui chante dans la perfection et pèse trois cent quatre-vingts livres. Au second acte, elle montrera ses mollets, les deux; ils sont noirs l'un et l'autre. Le directeur de la troupe, M. Athanase Veauluisant, remplira, avec la distinction qui le caractérise, le personnage de Vasco de Gama. Le mancenillier de la fin sera compliqué de quelques serpents, dont trois à sonnettes; on entendra les sonnettes. Avant la chute définitive du rideau, il y aura une surprise : l'âme de Sélika s'envolera vers les cieux sous la forme de Cachemire. »

Les trois amoureuses de Robert étaient de plus en plus intriguées; lui se frottait toujours les mains.

Il était radieux.

— Que signifie? demanda Marthe.

Larifla mit le doigt sur l'affiche, à l'endroit où s'étalait en grosses majuscules le nom de Cachemire.

— Eh bien? fit Pauline.

— Cela signifie, dit Robert, que dans quelques instants nous allons voir Cachemire.

Ils dînèrent à la hâte et il emmena ces dames au théâtre Veauluisant. La soirée fut très gaie.

L'impresario avait pratiqué pas mal de coupures dans l'opéra de Meyerbeer. Vu l'insuffisance de la troupe, il avait notamment supprimé le tribunal des inquisiteurs, mais le rusé compère n'avouait pas le vrai motif de cette suppression.

— Mesdames et messieurs, dit-il entre deux ritournelles, nos sentiments catholiques ont éprouvé le besoin de se manifester d'une manière éclatante dans une contrée où brille l'esprit le plus pur de dévotion. Vous comprendrez, messieurs et dames, qu'à deux pas du respectable sanctuaire de Lourdes, il serait de mauvais goût de représenter le tribunal de la sainte inquisition...

— Bravo! bravo!

— Mettre sur la scène des cardinaux et des évêques ne nous convient pas. Nous ne sommes pas de ceux qui insultent chaque jour l'Église... notre mère!

Les applaudissements furent frénétiques.

Aussi l'acte de la prison eut un succès prodigieux.

Vasco de Gama jongla avec des poids de cent kilos, afin de démontrer que, s'il restait captif, c'était parce qu'il le voulait bien.

Sélika exhiba ses mollets, les deux, ainsi que l'avait promis l'affiche. Depuis l'aventure du mollet blanc, Veauluisant cirait sa femme des pieds à la tête, pour éviter toute anicroche, et il priait les spectateurs de constater que la belle Tatakoukoum était entièrement négresse.

La scène capitale de l'opéra était celle du mancenillier; les spectateurs l'attendaient en trépignant d'impatience.

Vasco de Gama a entremêlé un peu de tyrolienne à ses chants d'amour :

Vers toi, mon idole,
Laïtou!
Tout mon cœur s'envole,
Laïtou!
Et pour toi j'immole,
Laïtou!
Ma gloire à venir.
Troulala,
Troulala,
Lanlaire,
Troulala lala laïtou!

D'amour frémissante,
Laïtou!

Mon âme est brûlante,
Laïtou !
L'espoir et l'attente.
Laïtou !
La font tressaillir.
Troulala,
Troulala.
Troulala,
Troulala, lala laïtou-ou-ou !

C'est du Meyerbeer arrangé. Le public d'Argelès, qui ne connaît l'*Africaine* que par ouï-dire, est charmé de cette musique aussi extraordinaire que la troupe. On bat des mains à se les rompre. On jette aux artistes des couronnes champêtres, des bouquets rustiques, dans lesquels il y a du thym et toutes sortes de fleurs sauvages. Bref, c'est un triomphe colossal : le qualificatif, du reste, est d'actualité.

Les spectateurs s'intéressent de bonne foi à la jalousie d'Inès ; ils trouvent que Vasco de Gama est un grand navigateur, mais que, comme homme privé, il est d'une perfidie atroce à l'égard de cette pauvre Sélika. Somme toute, selon la donnée même de l'opéra sérieux, l'Africaine est, on le sait, une par trop bonne fille ; et quelques braves gens d'Argelès ne se gênent pas pour le lui dire, lorsqu'elle ordonne à Nélusko de favoriser le départ de son infidèle époux avec Inès, c'est-à-dire avec Mlle Zodiaque.

Les interpellations ne sont pas ménagées à la belle Tatakoukoum.

— Mais, madame, lui crie une grosse mère, c'est un monstre que votre mari !

— C'est moi qui enlèverais le chignon à cette Inès de malheur ! clame une autre.

Enfin, nous voici en plein mancenillier ; le régisseur de la troupe, le clown Tirelampion, éprouve le besoin de venir expliquer au public ce que c'est que cet arbre terrible. Il faut mettre les points sur les i, quand on s'adresse au public d'Argelès.

— Mesdames et messieurs, dit Tirelampion, le dernier acte que nous allons avoir l'honneur de représenter devant vous est particulièrement intéressant, et nous ne saurions trop le recommander à votre attention. En même temps que vous allez entendre les plus suaves morceaux du plus beau des opéras, vous vous instruirez, vous assisterez à un cours d'histoire naturelle. *Castigat ridendo mores*, a dit Victor Hugo dans une de ses meilleures ballades.

Deux ou trois enthousiastes applaudissent le nom du poète si intempestivement mêlé à ce boniment grotesque.

— Quoique personnage muet, l'arbre que voici, ce superbe mancenillier (le décor représente, tant bien que mal, un palmier garni de noix de coco), va jouer un rôle considérable dans l'action. Son ombre, messieurs et dames, son ombre trompeuse cache, sous les caresses d'une douce brise, le plus foudroyant des poisons. Vous allez voir à l'œuvre cet arbre étonnant que l'humanité doit au sol d'Afrique. Ah ! messieurs et dames, quand on songe au mancenillier, on se demande avec terreur comment il se fait qu'il y a encore des Arabes en Algérie !

— Vivent les braves Algériens ! crie un monsieur chauve en agitant son foulard de soie rouge.

— A bas la Commune ! fait un vieux légitimiste, à la voix cassée, qui croit à une manifestation de la part du monsieur chauve et prend son foulard pour le drapeau sanglant de l'insurrection de 1871.

Cet échange d'exclamations occasionne quelque tumulte ; néanmoins, le calme ne tarde pas à se rétablir.

La belle Tatakoukoum paraît. Elle assiste au départ du navire qui emporte son mari et sa rivale. Elle se couche à l'ombre mortelle du fameux mancenillier, et, tandis qu'elle est là, couchée sur le dos, voici que du tronc de l'arbre descendent dix à douze couleuvres inoffensives, apprivoisées ; ce sont les serpents de l'affiche, dont trois à sonnettes. En effet, l'orchestre s'arrête, et l'on entend distinctement les sonnettes qu'Athanase Veauluisant fait tinter dans la coulisse.

Un loustic du parterre observe tout haut qu'un des serpents a sa sonnette fêlée, ce qui provoque un murmure réprobateur dans l'assistance.

Les couleuvres s'entrelacent autour de Tatakoukoum, qui pousse un grand cri, et Nélusko vient en chantant, sur un ton lugubre, recueillir son dernier soupir.

Voici le moment solennel, le moment de la surprise.

D'après le programme de Veauluisant, l'autruche à laquelle il a donné le nom de Cachemire doit s'élancer de derrière le tronc de l'arbre vers les frises de la scène, pour représenter, sous une forme palpable, l'âme de Sélika qui monte au ciel.

Mais le saltimbanque a compté sans Larifla.

A peine l'autruche a-t-elle paru, que la voix de Robert retentit :

— Pélagie !

Pélagie a reconnu la voix de son maître; n'hésitant plus, elle se précipite vers les fauteuils d'orchestre, avec un battement d'ailes joyeux. (*Chap. XXVIII.*)

Marthe, Pauline et Gilda se regardent.

— C'est elle, disent-elles à leur tour.

Pélagie a reconnu la voix de son maître; elle tend son cou en avant dans la direction du public. Robert répète le nom authentique de l'aimable bête, et celle-ci, n'hésitant plus, se précipite non vers les frises, mais sur l'orchestre, avec un battement d'ailes joyeux; car elle a aperçu Larifla.

Pour le coup, la salle est dans le délire. Les trois quarts des citoyens d'Argelès, présents à cette scène mémorable, s'imaginent que c'est le vrai dénouement de l'opéra, que c'est en cela que consiste la surprise, et sont littéralement émerveillés.

Quant à Veauluisant, il saute au milieu des spectateurs et s'apprête à disputer Pélagie à son véritable et légitime propriétaire.

Tandis que Robert et le saltimbanque sont aux prises, le rideau tombe au milieu du tumulte. Les employés de service éteignent quelques quinquets, et la foule se retire. Alors a lieu au vestiaire une explication entre les deux hommes qui revendiquent l'autruche.

— Elle est à moi, et bien à moi, dit Veauluisant. Je l'ai achetée à des Zoulous.

— Allez conter cela à d'autres! réplique Larifla. Vos Zoulous, je les connais... C'est un vieux filou de portier, nommé Orifice, qui vous a donné ou vendu mon autruche, laquelle s'appelle Pélagie et non Cachemire!...

Au surplus, comme l'essentiel était pour lui de savoir d'une manière précise où se trouvait l'animal, notre ami Robert se soucia peu de laisser Pélagie une nuit de plus au pouvoir des saltimbanques.

Seulement, le lendemain matin, dès la première heure, il se rendit auprès du brigadier de gendarmerie et lui exposa son cas.

Le brigadier remplissait à Argelès les fonctions de chef suprême de la police. Il écouta complaisamment le récit de Robert, tout en lançant des œillades assassines aux trois dames qui l'accompagnaient.

Les droits de propriété de Larifla ne laissaient aucun doute. Il avait pour lui le témoignage très affirmatif de Mme Paincuit, de Mme Campistron de Bellonnet, une colonelle, et de Mme Mortier, épouse d'un président au tribunal de Paris. En outre, notre homme soumit au brigadier un document concluant : la copie de l'assignation qu'il avait reçue de son propriétaire, pour entendre prononcer la résiliation du bail à cause de l'autruche.

Athanase Veauluisant fut mandé auprès du brigadier, qui recommanda à ses pandores d'amener aussi Pélagie. L'intelligente bête se précipita de nouveau vers son maître aussitôt qu'elle l'aperçut, et le brigadier déclara que « la confrontation » avait complètement fait la lumière.

En conséquence, le saltimbanque fut mis en demeure de restituer l'autruche à Larifla.

Inutile d'ajouter qu'Athanase s'exécuta, mais en rechignant.

CHAPITRE XXIX

Autour d'une source miraculeuse.

IRACULÉE, être miraculée, tel était le rêve de Scholastique. Lâcher d'un cran Irlande et Scholastique pour aller batifoler un brin avec les Nymphes de la Rose, tel était le rêve de l'abbé Groussofski ; nous donnerons désormais ce nom au pompier ensoutané, puisque c'est sous ce nom seul qu'il est actuellement connu de tous.

Notre aumônier des vieilles filles voyait à deux pas de lui « ses nièces » sous la conduite de Troufignon et du curé de Saint-Germain-l'Empalé, et il ne pouvait pas aller faire « le neveu » avec elles, sous peine de compromettre sa situation.

Pendant le voyage, il s'était risqué à dire une ou deux fois à ses compagnes décharnées :

— Voilà des jeunes filles bien édifiantes !

Il aurait voulu se faire autoriser à aller lier connaissance avec elles, le pèlerinage justifiant cette familiarité : mais Irlande et Scholastique étaient sourdes quand on leur parlait de jeunesse : elles firent donc semblant de n'avoir pas entendu.

Toutefois, l'abbé Groussofski, à une station, eut le temps d'échanger quelques mots avec son collègue Troufignon, qui était descendu du train pour acheter une petite gourde remplie de cognac :

— A quel hôtel descendez-vous ?

— Au Grand Hôtel de la Chapelle, parbleu !

— Pourquoi votre parbleu !

— C'est celui tenu par Soubirous.

— Soubirous !... qu'est-ce que c'est que ça ?

— On voit bien que vous arrivez de Varsovie... Cependant, le miracle de Lourdes est connu du monde entier...

— Oui, je sais... une bergère... la sainte Vierge...

— Eh bien, la bergère à qui la sainte Vierge est apparue se nomme Bernardette Soubirous.

— Ah ! j'y suis !... Alors, vous allez loger chez la bergère ?... Farceur !

— Mais non... Soubirous de l'hôtel de la Chapelle est un parent de Bernardette.

— Bien, bien.

En remontant dans son compartiment, l'abbé Groussofski ne manqua pas de dire aux deux vieilles filles :

— A propos, avez-vous un hôtel attitré ?

— Non, répondit Irlande, c'est la première fois que nous allons à Lourdes.

— Alors, cherchons dans l'Indicateur.

Il ouvrit le livre des chemins de fer et parcourut la page des annonces d'hôtels. Puis, tout à coup, comme frappé d'inspiration subite :

— Soubirous ! s'écria-t-il. Il y a un Soubirous qui tient un hôtel juste en face de la grotte. Ce doit être un parent.

— De la bergère, ajouta Scholastique.

— Voilà notre hôtel, conclut Irlande.

Groussofski était ravi.

Arrivé à destination, il eut soin de demander trois chambres. En vain Scholastique et Irlande insistèrent pour prendre une chambre à deux lits pour elles ; l'aumônier s'y opposa.

Elles invoquaient l'économie. Il répondit en alléguant qu'à deux pas de la grotte où la sainte Vierge était apparue en chair et en os, deux personnes du beau sexe, si demoiselles qu'elles fussent, ne pouvaient se déshabiller dans la même chambre. Groussofski, en exigeant cela, avait son plan.

Le soir venu (on était arrivé trop tard pour pouvoir se rendre au sanctuaire), on se donna le bonsoir, et chacun s'en fut se coucher chez soi. Les trois chambres étaient contiguës.

L'abbé Groussofski tira le verrou de sa porte de communication ; au contraire, Irlande et Scholastique ouvrirent la leur.

— Cela me fait peur, dit Irlande, de penser que je vais coucher toute seule dans une chambre d'hôtel.

— Et moi, donc ! répondit Scholastique. Si un voleur venait nous égorger ?...

— Il nous faut cependant obéir à notre aumônier.

— Oui, sans cela, ce ne serait pas la peine d'en avoir un.

Irlande eut une idée.

— Embrassons notre descente, dit-elle à voix basse à sa sœur, et faisons une prière, le visage contre le sol. Ce sera une mortification, et en même temps nous verrons s'il n'y a pas de voleur caché sous le lit.

Elles se livrèrent aussitôt à cet examen. Sous prétexte d'embrasser le sol, elles examinèrent le dessous de chaque lit. Ce fut en poussant un soupir de satisfaction qu'elles se relevèrent : il n'y avait pas de voleur, et elles pouvaient se livrer au sommeil en toute quiétude.

Bien entendu, elles fermèrent à clef les portes qui ouvraient sur le couloir et se contentèrent de pousser la porte de communication qui donnait accès d'une chambre à l'autre.

L'abbé Groussofski passa une nuit très calme. Il se réservait pour la suivante et avait du reste besoin de repos ; le voyage, fait d'une seule traite, l'avait beaucoup fatigué.

Le lendemain matin, de bonne heure, il conduisit Irlande et Scholastique à la basilique. Il dit la messe dans une des chapelles latérales ; puis, on visita la grotte.

Il y avait autour de la piscine une collection variée d'estropiés de toutes espèces. Tout ce monde-là geignait et invoquait la madone. Quelques-uns, par-ci par-là, se mettaient en caleçon de bain, et plongeaient dans la

Il y avait autour de la piscine une collection variée d'estropiés de toutes espèces. Scholastique ne fut pas la dernière à faire le plongeon. (*Chap. XXIX.*)

piscine. Scholastique ne fut pas la dernière à piquer sa tête. Au sortir du bain, elle déclara qu'elle éprouvait un mieux très sensible. Le diable, très probablement, se décidait à déguerpir.

Pendant ce temps, quelques curés circulaient dans la foule, et, hommes pratiques avant tout, faisaient une petite collecte.

Groussofski, lui, ne pensait guère à la monnaie; il avisa une fillette de dix-huit ans environ, qui était sans aucun doute originaire du pays. Abusant du privilège que lui valait sa soutane, il lui fit quelque peu la cour, la prit par le menton et l'embrassa, en affirmant que rien ne pouvait mieux le sanctifier qu'une caresse donnée à une jeune personne née dans une région si fertile en miracles. Mais ce n'était là qu'un apéritif. L'aumônier des demoiselles Duverpin attendait le soir avec impatience.

Il ordonna aux deux sœurs de dire une quantité considérable de rosaires à genoux devant la statue de la basilique, et, les quittant, annonça qu'il reviendrait les prendre dans une heure ou deux.

Elles ne firent aucune objection.

Le rusé compère s'en fut alors par la ville.

Il demanda l'adresse d'un médecin.

Bien que Lourdes soit la capitale des miracles, les médecins y abondent. C'est curieux, mais c'est comme cela.

On lui donna cinquante adresses pour une.

Groussofski se rend auprès du disciple d'Hippocrate et lui tient ce langage :

— Monsieur le docteur, je suis malade sans l'être. Je

suis venu à Lourdes pour accompagner un pèlerinage. Je n'ai pas fait le trajet de Paris au sanctuaire afin de me guérir, vu qu'en temps ordinaire je suis très bien portant. Mais, cela tient-il à la fatigue du voyage, au changement de climat, à l'influence de la température? Je l'ignore. Toujours est-il que je souffre horriblement de la tête. Tenez, je n'ai pas pu fermer l'œil depuis quatre nuits. Une simple migraine ne vaut pas la peine de demander un miracle à la Vierge; aussi, je me contente, pour cette vétille, de recourir à la science des hommes.

Comme on le voit, l'abbé avait accompli des progrès depuis qu'il s'était installé le confesseur et en même temps l'élève des demoiselles Duverpin; il ne commettait plus de cuirs et s'exprimait même avec une certaine facilité.

Le docteur répondit :

— Monsieur l'abbé, votre migraine m'a l'air d'être une bonne et solide névralgie, et vous avez raison d'être venu me rendre cette visite.

— Il me faudrait, insinua l'autre, quelque drogue de nature à me faire dormir cette nuit comme un sac de plomb.

— Je vois ce que c'est. Vous devez être enclin à la colère ?

— Oui, je n'aime pas qu'on me taquine.

— Vous dînez copieusement?

— Dame!...

— Vous buvez de même?

— Évidemment.

— Avez-vous jamais eu la fièvre typhoïde?

— Jamais.

— Très bien, vous pouvez l'avoir. La fièvre typhoïde est toujours précédée d'une violente migraine.

— Merci, je n'en veux pas.

— Éprouvez-vous des lancements dans la région du cerveau?

— Des lancements?

— Oui, des petites douleurs vives, arrivant, comme par lancées, comme si vous receviez des coups d'aiguille ?

— Parfaitement, parfaitement.

— C'est à ravir. Vous avez une céphalalgie lancinante. Je vais vous rédiger une ordonnance.

— Rédigez tout ce que vous voudrez, monsieur le docteur ; mais, avant tout, n'oubliez pas de me donner une drogue qui me fasse dormir cette nuit comme une masse de mille quintaux.

— N'ayez aucune inquiétude. Je ne dis pas qu'on pourra tirer le canon sans parvenir à vous réveiller ; mais vous serez dans un état de somnolence très convenable.

Et le docteur rédigea son ordonnance. Il y avait une bonne dose d'opium dans la potion qu'il prescrivait.

L'abbé paya sa consultation et courut tout droit chez un pharmacien. Il se fit confectionner séance tenante sa drogue et réclama l'ordonnance, qu'il alla porter ensuite chez un second pharmacien. Cela lui fit donc deux potions soporifiques.

Après quoi, il retourna à la basilique, chercher les vieilles filles.

Nul incident ne marqua la journée.

Le soir, Groussofski s'aboucha avec Troufignon.

— Vous êtes un heureux veinard, lui dit-il, vous, avec votre pensionnat de demoiselles ; mais j'ai trouvé, moi, du meilleur fruit...

— Ah ! bah !

— Une aventure piquante...

— Contez-moi ça.

— C'est dans notre hôtel... Chambre 83...

Il termina sa confidence dans l'oreille du vicaire de Saint-Germain-l'Empalé.

Troufignon rit beaucoup en l'écoutant.

— Et elle ne s'est doutée de rien? interrogea-t-il, quand Groussofski eut terminé son récit.

— De rien ; elle s'est laissé faire ; elle a avalé l'apparition comme si c'était une pilule de sucre de pomme.

— Quel numéro de chambre m'avez-vous dit?

— 83... Et je vous le répète, charmante, délicieuse, adorable... Des formes de statue grecque!

Un quart d'heure après, il versait une confidence analogue dans l'oreille de l'abbé Huluberlu, affectant le même procédé mystérieux. Seulement, quand le curé se fit répéter le numéro de la chambre, Groussofski lui dit :

— Numéro 84.

Huluberlu avait la figure rayonnante.

Ce jour-là, le journal officiel du sanctuaire enregistra beaucoup de miracles.

Mais ces miracles n'étaient que de la petite bière : des entorses guéries, des torticolis soulagés, des fièvres calmées. Un double prodige, bien autrement considérable, se préparait.

Après celui-là, il faudrait tirer l'échelle.

CHAPITRE XXX

Suite de l'album de Larifla.

Robert — avons-nous besoin de le dire? — était au comble de la joie. Il avait retrouvé Pélagie. Son bonheur lui fit oublier un moment la fausse situation dans laquelle il se trouvait avec ses trois maîtresses sur les bras.

Aussi, déclara-t-il que ce soir-là il ne pouvait sacrifier à Vénus, et qu'il préférait s'abandonner à l'inspiration pour ajouter quelques pages à son album.

Il écrivit donc de sublimes choses :

I

Catéchisme du Parfait Cocu.

D. — Qui vous a créé et mis au monde?

R. — On n'est jamais sûr de celui qui a fait le coup.

D. — Pourquoi avez-vous été créé et mis au monde?

R. — Pour la gloire des Don Juan et le bonheur de nos chastes moitiés.

D. — En quoi consiste le vrai cocuage?

R. — Le vrai cocuage consiste à l'être et à l'ignorer.

D. — Qu'est-ce que le cocuage de convention?

R. — C'est un cocuage par à peu près, indigne de tout honnête et respectable cocu.

D. — Doit-on le dire?

R. — Non, on ne doit pas le dire.

D. — Que faut-il à un cocu pour être heureux?

R. — Il faut qu'il soit persuadé qu'il ne l'est pas.

D. — En quoi le cocu ressemble-t-il à la masse des citoyens?

R. — En ce qu'il a, comme tous, des droits et des devoirs.

D. — Quels sont les droits du cocu?

R. — D'obtenir d'importants rabais chez les marchands de chapeaux.

D. — Quels sont les devoirs du cocu?

R. — De faire gagner les fabricants de chandelles.

D. — Doit-on le dire?

R. — Non, on ne doit pas le dire.

D. — Un cocu doit-il aimer sa femme?

R. — Il doit l'adorer.

D. — Un cocu doit-il aimer celui qui lui en fait porter?

R. — Ce doit être son meilleur ami.

D. — Pour gagner le paradis des cocus, combien un cocu doit-il avoir de chevrons?

R. — Trois, au minimum.

D. — Quel est le maximum du cocuage?

R. — Il n'y en a pas.

D. — Doit-on le dire?

R. — Non, on ne doit pas le dire.

D. — Quelles sont les vertus du parfait cocu?

R. — La foi en la fidélité de sa femme, l'espérance d'avoir un moutard, et la charité à l'égard de tous ses bons amis.

D. — Quels sont les péchés capitaux qui empêchent un cocu de parvenir à la perfection?

R. — 1° L'orgueil, un cocu doit avoir confiance en sa femme et ne pas tirer vanité de lui-même; 2° l'avarice, un cocu ne doit pas craindre de dépenser son argent pour donner des soirées à ses amis; 3° l'envie, un cocu doit se contenter de son cocuage et ne pas souhaiter celui de ses connaissances plus favorisées; 4° la luxure, un cocu doit l'être, mais il perd tout mérite s'il prend sa revanche; 5° la gourmandise, un cocu doit se priver et réserver au cousin de sa femme tous les meilleurs morceaux; 6° la colère, plus un cocu est cocu, plus il doit être aimable et souriant, 7° la paresse, un cocu ne doit ni craindre les voyages ni s'attarder trop longtemps dans son lit.

D. — Doit-on le dire?

R. — Jamais!

II

Beaux traits de Cocus.

POUR FAIRE SUITE A LA « MORALE EN ACTION »

Comment un cocu sauva la ville de Noisy-le-Sec assiégée par les pirates de l'île de la Grande-Jatte. — C'était en l'an 1452. Les pirates de l'île de la Grande-Jatte faisaient le siège de Noisy-le-Sec depuis sept ans et neuf mois, sans que la ville ait manifesté la moindre velléité de se rendre.

Les Noisy-le-Secquois montraient au monde étonné qu'ils étaient tous des héros; rien ne pouvait les faire faiblir : aucune privation ne réussissait à leur faire arborer le honteux drap de lit de la capitulation.

La famine était impuissante.

Le bombardement était obligé de s'avouer vaincu.

Cependant, à la tête de l'armée assiégeante, était un rude-à-poil qui, depuis sept ans, disait chaque matin en se faisant la barbe : « Tonnerre de Brest! ça ne peut pas durer comme ça! Ces Noisy-le-Secquois me la font à l'oseille! »

Kroutt-de-Paâté (c'était le nom du pirate redoutable) avait des intelligences dans la place.

Grâce à un Espagnol complaisant, — il y a des Espagnols complaisants partout, — il entretenait des relations criminelles avec la femme d'un des notables gardes nationaux de la ville assiégée.

Une guérite d'octroi, située au creux d'un vallon, servait de lieu de rendez-vous aux deux amoureux pendant les journées et les nuits d'armistice.

Un soir, Kroutt-de-Paâté apporta à celle dont il était aimé un petit paquet soigneusement ficelé, et lui dit :

— Héliotrope, si vous êtes capable de dévouement pour moi, ce soir vous ferez à votre époux une soupe avec le contenu de ce paquet.

Héliotrope baissa les yeux, soupira, embrassa le pirate, et promit.

Et le soir, notre cocu, qui devait être de faction sur les remparts, mangea une abondante soupe aux haricots; non pas une soupe aux haricots ordinaires, mais de ces haricots rouges, à quadruple détonation, dont les effets sont terribles et les ravages plus célèbres que ceux du feu grégeois.

Tout avait été ingénieusement combiné.

Les pirates devaient profiter du moment où le factionnaire aux haricots se tordrait dans les convulsions d'une colique atroce, pour escalader le rempart dont il avait la surveillance.

De plus, la criminelle Héliotrope avait eu la perfidie de faire prendre à son mari avant son dîner deux verres d'Amer Picon, et, grâce à l'appétit irrésistible qu'entraîne toujours cette bienfaisante liqueur, notre cocu s'était littéralement bourré de haricots.

Mais on avait compté sans le courage de notre héros, qui, surmontant ses douleurs, était encore à son poste, accroupi derrière un créneau, au moment où le féroce Kroutt-de-Paâté calculait qu'il devait être dans les lieux les plus reculés.

A minuit un quart, les pirates commencèrent l'escalade.

Déjà l'avant-garde enjambait les murailles de Noisy-le-Sec, lorsque le mari d'Héliotrope, comprenant qu'il y avait un danger à repousser et cédant d'ailleurs à une pression intérieure d'une violence terrible, envoya en plein nez des assaillants une formidable explosion de feu grisou.

L'effet fut instantané.

L'armée ennemie entière, foudroyée, roula dans les fossés.

Noisy-le-Sec était délivré, et ses habitants purent dès le lendemain cesser de se nourrir de fourreaux de parapluies et de cartons à chapeaux.

***

Comment un cocu sauva dans un incendie une malheureuse mère de famille, veuve, sans enfants. — A la suite d'une conversation amoureuse tenue entre une jeune sage-femme et un marchand de coco, l'échoppe du cordonnier de la place Maubert avait pris feu.

Les flammes envahissantes dévoraient l'édifice, léchant son bois vermoulu et s'élevant menaçantes vers le ciel. Au troisième étage de la maison à laquelle était adossé le monument, apparaissait une malheureuse créature, que le danger avait rendue folle et qui criait dans son désespoir :

— Oh! je brûle! je brûle! Faites-moi monter un bock!

Personne n'osait se hasarder à aller lui porter secours.

Les pompiers disaient :

— Nous sommes là pour éteindre et non pour autre chose; ça ne nous regarde pas.

Tout à coup, passe un cocu, très connu, du boulevard Saint-Germain.

Que fait cet homme?

Dans un moment d'inspiration sublime, il présente une de ses cornes à la pauvre femme que le feu allait dévorer; et celle-ci, en saisissant le bout, du haut de son troisième étage, descend sans encombre, au milieu de la foule qui applaudit.

Comment un cocu préserva d'un danger mortel la virginité de Grille-d'Égout. — C'était au Moulin-Rouge, un soir de bal masqué. A cette époque, le sultan de Zanzibar était de passage à Paris : on n'a pas oublié que ce monarque se piquait d'être un lettré de son pays, et qu'il était en outre d'une galanterie à rendre des points à Salomon.

Mme Bicoquet avait envoyé au Moulin-Rouge son bonhomme de mari, afin qu'il prît note, sans aucune erreur, du nombre de quadrilles qui se danseraient cette nuit-là; le nombre ainsi obtenu serait, lui avait-elle dit, le numéro sur lequel, d'après les conseils d'un croupier apparu en songe, elle devrait ponter à la roulette, lors de leur prochain voyage à Monaco. En réalité, elle avait à entendre chez elle, pendant l'absence de M. Bicoquet, la lecture d'une tragédie en cinq actes, du sultan de Zanzibar; la lecture devait lui être faite par l'auteur en personne.

M. Bicoquet s'embêtait à six francs l'heure au milieu de la foule des masques, et, pour être reconnaissant à sa femme de la confiance qu'elle lui témoignait en l'envoyant dans un bal public, il n'avait pas encore fait la moindre invitation.

Or, parmi les danseuses, il y avait la virginale Grille-d'Égout, et, parmi les masques, il y avait un ours. Et cet ours avait l'œil plein de cruauté. Les danseurs se demandaient même avec effroi si ce n'était pas un ours « pour de vrai », échappé de sa fosse du Jardin des Plantes.

Quoi qu'il en soit, cet ours couvait d'un regard féroce l'appétissante Grille-d'Égout.

... Et, pendant ce temps-là, chez M. Bicoquet, le sultan de Zanzibar s'apprêtait à lire sa tragédie...

Soudain, l'ours, qui tournait depuis longtemps autour de la proie convoitée, profite d'un quadrille et s'élance sur l'infortunée danseuse ; mais, — ô surprise ! — au moment où il allait atteindre Grille-d'Égout, une corne gigantesque jaillit entre elle et lui, et le transperce de part en part.

C'était une magnifique corne, en bois d'ébène du plus beau noir, qui venait de pousser subitement sur le front de M. Bicoquet, penché sur le calepin où il inscrivait le nombre des quadrilles.

CHAPITRE XXXI

Farces surnaturelles du grand saint Labre.

RLANDE et Scholastique dînèrent ce soir-là copieusement.

Leur aumônier les exhorta à prendre une nourriture abondante, et lui-même donna l'exemple.

Après le dessert, il ordonna au garçon de monter le thé à l'une des trois chambres.

— Du thé pour trois personnes, commanda-t-il, et un flacon de groseille.

Quand on fut dans la chambre, il dit aux deux sœurs :

— Nous prendrons le thé à la mode polonaise.

— Comment ça ?

— Avec du sirop en guise de sucre... Vous verrez... c'est succulent.

L'après-midi, il s'était fait monter un flacon de groseille, l'avait vidé dans le seau de la toilette, et avait remplacé ce sirop par la double potion soporifique qu'il s'était fait confectionner. Il était impossible à l'œil de s'apercevoir de la substitution.

Quand on servit le thé, il avait dans la poche le flacon ainsi préparé.

Le garçon déposa sur le guéridon de la chambre un plateau où se trouvaient la théière, trois tasses et du sirop de groseille.

Groussofski, afin d'écarter toute défiance de l'esprit des deux vieilles filles, se servit le premier et opéra le mélange. C'était loin d'être succulent ; mais, en goûtant le breuvage, il réussit à ne pas esquisser une horrible grimace.

Puis, il versa le thé dans les tasses destinées à Irlande et à Scholastique, et, au moment où il allait y mêler la groseille, il dit tout à coup :

— Diable, il y a ici un courant d'air ; on dirait que vous n'avez pas fermé vos fenêtres.

En effet, les fenêtres des deux chambres voisines étaient grandes ouvertes. Les vieilles filles coururent les fermer.

Pendant ce temps, en un clin d'œil, Groussofski fit

disparaître le flacon de vraie groseille, et, quand ses deux pénitentes revinrent, il tenait à la main le flacon de soporifique, potion d'un beau rouge et liquoreuse.

Il versa dans chaque tasse une bonne dose.

Après quoi, il eut l'aplomb de trinquer.

— A l'amitié! dit-il, et surtout à la guérison complète de Mlle Scholastique!

Les deux vieilles filles répondirent par un toast à leur aumônier et burent.

Il paraît que la potion était artistement préparée; car elles affirmèrent que le thé à la polonaise était une délicieuse invention.

On causa encore quelques minutes avant de s'en aller coucher. On s'entretint encore au sujet de la ferveur que l'on avait remarquée chez les pèlerins et les pèlerines; on parla de la beauté pittoresque des Pyrénées et de la limpidité de la source miraculeuse.

Ensuite, comme Irlande et Scholastique déclarèrent éprouver le besoin de dormir, elles se retirèrent, et la séance fut levée. On se dit au revoir pour le lendemain matin.

Une demi-heure après, Groussofski ouvrait sans bruit la porte de communication qui séparait sa chambre de celle de Scholastique. Il écouta. Celle-ci dormait d'un profond sommeil.

Il franchit l'autre porte, entra dans la troisième chambre; Irlande ronflait comme un orgue en plein *Magnificat.*

Alors, comme chacune des deux demoiselles avait fermé à double tour sa porte donnant sur le corridor, il fit jouer la clef dans la serrure de façon qu'on pût entrer sans difficulté, et il se retira chez lui, fermant sur son passage les communications d'une chambre à l'autre.

Tandis que l'abbé pompier avait ainsi manœuvré

Huluberlu et son vicaire s'étaient livrés, chacun à part soi, à de curieuses réflexions.

Nous ne donnerons ici que le monologue de Romuald, celui du curé de Saint-Germain-l'Empalé étant identiquement le même :

— L'aventure est mystérieuse, et, dans quelques instants, je veux la tenter... Certainement, nos jolies nymphes sont charmantes ; mais elles n'ont pas l'attrait du fruit défendu... Et quoi de plus stimulant encore que l'inconnu ?... Allons, préparons-nous à jouer notre rôle : la religion ne pourra qu'en tirer bénéfice.

Il choisit dans son coffre à linge sale sa chemise la plus dégoûtante, la souilla davantage avec les restes de charbon qui traînaient au foyer éteint de la cheminée, puis la déchira en plusieurs endroits, de façon à en faire une infecte guenille; après quoi, il s'en affubla, pour tout costume. Il se barbouilla encore le visage et les mains au moyen de cendres mouillées. Alors, il se regarda dans une glace.

— Vraiment, se dit-il avec satisfaction, je suis tout-à-fait répugnant. O Benoît ! il ne me manque que l'odeur de ta sainteté.

Le fait est que son aspect était particulièrement répulsif. Il passa sa douillette par-dessus sa guenille ; ensuite il sortit de chez lui et grimpa prestement à l'étage supérieur.

Arrivé devant la porte n° 83 :

— C'est là, fit-il.

Il souffla sa bougie, tourna le bouton de cuivre de la serrure ; la porte s'ouvrit, il entra sur la pointe des pieds. La chambre était plongée dans une demi-obscurité. Les rayons de la lune donnaient en plein sur l'autre côté de la maison, de sorte que ce côté ne recevait qu'un peu de réverbération.

A travers cette lueur indécise, Romuald distinguait parfaitement la silhouette des meubles. Ici, la commode; là, le lit; à droite et à gauche, des sièges; un guéridon, au milieu. Il se débarrassa de sa douillette, la plaça sur un fauteuil, bien à portée, afin de pouvoir la ressaisir et s'en rhabiller vivement en cas d'accident. Puis, toujours sur la pointe des pieds, se glissant comme un chat, il s'approcha du lit, où il entendait le bruit monotone et régulier d'une respiration.

Dans la demi-obscurité de la pièce, sa chemise longue et blanche tranchait assez clairement.

Il se pencha sur la dormeuse. Il était palpitant de désirs; son cœur battait bien fort dans sa poitrine.

— Mon doux Jésus! murmura une voix.

C'était Irlande, qui rêvait tout haut. Tant bien que mal, Romuald reconnut dans cette voix l'organe d'une personne du beau sexe.

— C'est une baronne authentique, se disait le vicaire; Groussofski me l'a affirmé... Elle a, en dévotion, des goûts des plus bizarres.

Et il cueillit un baiser plein de fièvre sur les lèvres de la dormeuse. Elle ne se réveilla point. Il la saisit dans ses bras et la serra avec force.

Cette fois, elle parut sortir de sa torpeur; mais ce n'était qu'un demi-réveil, le soporifique agissait encore.

— Qui est-ce? fit-elle à demi-voix.

— Chut! répondit Romuald lui parlant dans l'oreille. Je descends du ciel, mon séjour, pour vous marquer l'affection que m'inspire votre vertu. Je suis le grand saint Labre.

— Saint Labre! murmurait-elle sans quitter son

Toujours sur la pointe des pieds, tâtonnant et se glissant comme un chat, il s'approcha du lit.
— Mon doux Jésus! murmura une voix. (*Chap. XXXI.*)

état d'alanguissement! saint Benoît Labre ! ô mon doux et grand saint !...

— Voilà bien ce que Groussofski m'a dit, pensait le vicaire; elle m'accepte pour le saint pouilleux; elle est en extase...

Dans la chambre n° 84, une scène analogue se passait, ayant pour acteurs Huluberlu et Scholastique.

Groussofski, lui, tandis que ses collègues étaient à son étage, s'était rendu à celui des Nymphes de la Rose; mais, au lieu de pénétrer chez elles avec mystère, il frappa à la porte; on lui ouvrit sans difficulté. Les demoiselles du pèlerinage à la Granciel des Lys n'étaient pas de nature farouche.

Inutile d'ajouter qu'il fut reçu avec des transports de joie.

Ce cher Groussofski!... On n'avait fait que l'apercevoir à peine pendant tout le voyage.

— Plaignez-moi, dit-il. Avez-vous vu les atroces guenons à qui est rivée mon existence?

— Et comment as-tu pu, loulou chéri, te débarrasser en ce moment de ces crampons ?

— Oh ! c'est toute une histoire.

— Raconte-la-nous.

— Je le veux bien, mais à une condition.

— Laquelle?

— C'est que vous vous abstiendrez de déranger ma petite combinaison.

— Nous le jurons !

Elles étaient cinq qui prêtèrent ce serment. Deux avaient ouvert à Groussofski, trois autres étaient accourues des chambres voisines; le reste du pèlerinage avait sans doute des occupations absorbantes et n'avait pu venir fêter le cher « neveu ».

Alors, Groussofski expliqua qu'il avait « monté une

fumisterie phénoménale » à ses deux collègues en soutane, et que, dans l'instant précis où il parlait, il y avait des apparitions du grand saint Labre à l'étage au-dessus.

Les nymphes s'amusèrent beaucoup à ce récit, félicitèrent l'abbé de son ingéniosité transcendante, et lui donnèrent de sérieux témoignages d'amitié en récompense de ses mérites. On se promit bien de demander le lendemain matin à Romuald et au curé Huluberlu leurs impressions sur l'aventure dans laquelle ils jouaient un rôle actif de revenant affectueux.

Quand l'aube parut, chacun avait regagné sa chambre respective. Les deux prêtres de Saint-Germain-l'Empalé se félicitaient, chacun dans son for intérieur, de leur équipée nocturne.

Ils firent une drôle de grimace quand ils apprirent par les Nymphes de la Rose, qu'ils avaient été mystifiés et que la baronne authentique de Groussofski était, pour l'un, Scholastique; pour l'autre, Irlande.

— Le tour est drôle, dit Romuald, et je serais un niais si je m'en fâchais.

— Maintenant que je sais à qui j'ai eu affaire, ajouta Huluberlu, je trouve la plaisanterie mauvaise; mais cela n'empêche pas que ne pouvant soupçonner une mystification, j'ai éprouvé bien de l'agrément.

— Alors, vous ne m'en voulez pas? demanda Groussofski.

— Pas le moins du monde, répondirent les deux collègues; seulement, c'est à charge de revanche.

— Vengez-vous, je vous l'accorde !

Quant aux deux vieilles filles, à leur réveil, elles ne savaient si elles devaient rougir de ce qui leur était arrivé ou s'en réjouir.

Elles ne s'étaient jamais fait une idée des apparitions de ce genre; elles en éprouvaient une certaine confusion, mais elles s'avouaient néanmoins qu'elles n'avaient jamais été à pareille fête.

Elles s'abordèrent avec hésitation, chacune se grattant ferme ; ce qui prouve la puissance de l'imagination chez une dévote exaltée.

— Irlande !

— Scholastique !

— Ma sœur aimée !

— Ma sœur chérie !

— Si tu savais ?...

— Si je te disais ?...

— Cette nuit, figure-toi...

— J'ai eu un rêve étrange...

— Tiens ! c'est comme moi, alors !

— Tu as rêvé ?...

— Je ne sais pas au juste si c'est un songe...

— Tout comme moi, Scholastique... J'ai eu une apparition...

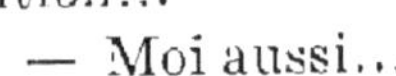

— Moi aussi...

— Ah bah !

— Une apparition de notre grand saint Labre...

— Le plus divin des Benoît !... Mais c'est lui-même également qui m'est apparu !...

— C'est un miracle pour sûr...

— Je ne sais pas ce que j'ai éprouvé... J'avais le sommeil très lourd ; mais j'ai de vagues souvenirs que ce n'était pas un rêve, à proprement parler... O les bienheureuses démangeaisons !... Je les ressens encore...

— Je puis t'en dire autant... Mon apparition était en chair et en os... O la sainte et glorieuse guenille ! elle rayonnait dans la nuit !...

— Comme mon apparition !... Je l'ai tâtée...

— Oui, c'est un miracle : un être non-surnaturel n'aurait pu être dans nos deux chambres à la fois.

— Ah ! quel bonheur !

— Quelle joie !

— Je tressaille encore de plaisir !

— Cette fois, bien sûr, le démon n'est plus en moi, puisque notre grand saint Labre a daigné me visiter... Mon âme glorifie le Seigneur !

— Il m'a donné les baisers du céleste amour...

— Moi aussi, il m'a témoigné toute sa tendresse...

— O ma chère sœur, je n'oserai jamais te dire jusqu'à quel point s'est manifestée sa bonté...

— Ni moi non plus... C'est un secret béni que j'enfouis au plus profond de mon cœur.

— Scholastique, je suis bien heureuse !

— Je suis bien heureuse, sœur aimée !

— Je n'oublierai jamais les ineffables joies de cette apparition.

— Toujours cette sainte nuit restera gravée dans ma mémoire.

— O Irlande !

— O Scholastique !

Et les deux sœurs, versant des torrents de larmes d'allégresse, se jetèrent dans les bras l'une de l'autre.

CHAPITRE XXXII

Fin de l'album de Larifla.

NNEMI déclaré de la tristesse, Robert Larifla, de plus en plus convaincu que les maris cornards contribuent au bonheur de l'humanité, écrivit encore quelques pages pour clore son album.

En marge, il mit : « *D'après le Tam-Tam.* »

***

L'Ordre Jonquille

OU LA LÉGION D'HONNEUR DES COCUS

Cet Ordre, fondé il y a trois jours et vingt-cinq minutes, comble une lacune désolante.

L'Ordre Jonquille, exclusivement fondé en l'honneur des Sganarelles incontestés de notre bon pays de France, est excessivement remarquable. Il est en cuivre jaune, tiré des bassines qui ont servi à Mme Judic à faire ses dernières confitures d'abricots. Le milieu représente deux bois de cerf en or sur fond de gueules. Une guirlande de soucis entoure la porte Saint-Denis, qui se trouve dans le quartier senestre de l'écusson. Dans le quartier dextre, on voit aisément le mal qu'un *coq eut* pour couver des œufs de canard.

La chancellerie est établie au bois de Vincennes, pavillon de la Porte-Jaune.

Pour statuer sur les mérites des candidats à l'Ordre Jonquille, il a été institué un Comité de membres honoraires, composé de cocus notoires.

Ce sont MM. :

Axel Putiphar, un des plus vieux abonnés de l'*Univers* ;

Cucufin Junior, aplatisseur de cornes ;

El senor Cornados, toréador en chambre ;

Alphonse Belami, homme de lettres, auteur du roman oriental *les Délices de la Corne d'Or* ;

Ivan Trococuskoff, fabricant de cornes pour les cochers de tramways ;

Sidi-Ahmed-ben-Koku-Oli, ponceur de cornes d'abondance ;

Tien-ton-ca-ce-ci-co-cu, inventeur de cornes pour les savetiers de Nankin.

Voici, maintenant, les premiers cocus qui se sont présentés pour être admis à faire partie de l'Ordre Jonquille :

***

PREMIER PRÉTENDANT A L'ORDRE JONQUILLE

Jean-Napoléon Rigolard, quarante-cinq ans et un quart de lune, demeurant rue de la Grande-Armée, 687, et huissier à la Banque des Brouillards de la Loire, s'est marié six fois.

Pas une des épouses de ce Barbe-Bleue de la chaînette n'a oublier d'agrémenter le front de cet huissier, si jovial qu'à chaque nouvelle calembredaine d'une de ses six moitiés il se tordait de rire.

Cet heureux caractère lui a fait faire son chemin.

La municipalité de Paris a décidé d'installer Rigolard dans le vestiaire du Trocadéro, les jours de fête, afin d'utiliser ses six paires de bois qui serviront de porte-manteau.

Nota. — Les membres honoraires de l'Ordre Jonquille ont admis Jean-Napoléon Rigolard à l'unanimité.

***

DEUXIÈME PRÉTENDANT A L'ORDRE JONQUILLE

Eusèbe-Bonaventure de Bernadoux, cinquante-quatre printemps, ayant fait dans sa jeunesse le commerce des bouts de cigares sur une grande échelle, ayant ensuite exercé la profession de Chevalier-du-Guet, actuellement fabricant de boutures de géranium pour poitrinaires et rédacteur à la *Gazette de France* dans ses moments perdus, s'est remarié en 1847 avec une saltimbanque estimable qui, dans les foires, se posait un pavé sur le ventre et se faisait donner dessus — sur le pavé, pas sur le ventre — de grands coups de merlin par les amateurs.

Deux ans après, Bernadoux crut devoir acheter quelques boites de poudre insecticide pour assurer sa tranquillité et nettoyer les toiles d'araignées qui encombraient son existence.

Cela fit suer sa moitié, qui prêta une oreille complaisante aux propos d'un jeune trombone, lequel lui offrit le même soir un pain entier de « stracchino di Milano ».

Le lendemain, Bernadoux ne put se coiffer qu'après avoir fait élargir le chapeau de ses pères (en poil de lapin).

Plusieurs notables de la confrérie ont recommandé

chaleureusement Bernadoux au conseil de l'Ordre, vu la philosophie avec laquelle il a pris la chose et surtout à cause de la grâce qu'il déploie lorsque, après avoir épaté la galerie en faisant cinquante carambolages de suite au noble jeu de billard, il l'écornifistibule littéralement en marchant une demi-heure sur la tête en répétant sans s'arrêter : « Le *Figaro* est un journal rudement bien rédigé, mais c'est dommage qu'il y ait tant de mollusques ! »

Nota. — Les membres honoraires, composant le conseil de l'Ordre, tout en adressant leurs congratulations à Bernadoux, le blackboulent en chœur, en disant judicieusement que, s'ils s'amusaient à enrubanner les simples cocus, l'Ordre Jonquille prêterait à rire.

TROISIÈME PRÉTENDANT A L'ORDRE JONQUILLE

Anatole Blancmignon, vingt-quatre ans et pas de corset, occupe avec sa charmante Eulalie, née de Boisflotté, un entresol au boulevard Saint-Denis, en face du fameux nègre qui sert d'enseigne à un horloger.

Ce nègre, on le sait, est grand, admirablement découplé, et sa prestance est aussi belle que celle de son compatriote le créole Paul de Cassagnac. De plus, il a une horloge dans le ventre, — pas Paul de Cassagnac, — l'autre.

Tous les matins, Eulalie Blancmignon se mettait à la fenêtre pour voir l'heure dans l'abdomen du moricaud.

Pendant quelques jours, elle concentra exclusivement ses regards sur le cadran ; puis, plus tard, ses yeux se portèrent sur le nègre.

— Oh ! le beau blond ! s'écria-t-elle en soupirant.

D'un pied furtif, l'amour venait d'entrer dans le cœur d'Eulalie.

Quelques temps après, ses traits s'altérèrent, ses yeux devinrent caves, et elle éprouva une envie frénétique de manger de la soutane d'archevêque sur les deux heures du matin.

C'était significatif.

— Des envies ! clama Anatole... Je vais être père !... Je parie cent sous que je le suis !

A quelques mois de là, Eulalie donna naissance à un négrillon qui — ô fatalité ! — portait une pendule dans le ventre.

Blancmignon trouva la chose étrange.

Pour comble de déveine, le négrillon sonne les heures et demies aussi fort que le bourdon de Notre-Dame.

Et, la nuit, alors que les époux sont plongés dans les bras de Morphée, une sonnerie infernale les réveille en sursaut.

— Coucou ! coucou ! coucou ! fait le mioche.

Deux seules choses pouvaient calmer le père exaspéré : c'était de casser le grand ressort de son fils, ou de recevoir un bout de ruban de l'Ordre Jonquille.

Nota. — Les membres honoraires de l'Ordre Jonquille ont tous voté avec attendrissement pour Anatole Blancmignon.

***

QUATRIÈME PRÉTENDANT A L'ORDRE JONQUILLE

Joseph Pertroto, trente-trois ans, filasse et presbyte, demeurant rue des Bons-Enfants, 7 3/4, s'est remarié avant-hier.

En sortant de la mairie, Joseph a constaté avec un

certain étonnement que sa légitime, depuis trois minutes, éprouvait une de ces douleurs qui nécessitent impérieusement l'intervention d'une sage-femme.

Et, de fait, la dame lui pond un gros garçon.

Sa stupéfaction prenant des bornes exagérées, la belle-mère de Joseph s'ingénie à lui faire comprendre que cet enfant est *naturel*. Ce mot met tout le monde en gaieté, Joseph lui-même.

Il avoue alors que si, au lieu de se marier, il eût pris un tramway, il aurait entendu, et non porté des cornes.

La joie est à son comble, on danse dans les fiacres.

NOTA. — Reçu avec acclamation.

*
* *

CINQUIÈME PRÉTENDANT A L'ORDRE JONQUILLE

Notes prises sur un carnet trouvé rue de Bellechasse, 383, après le déménagement de M. le duc de Saint-Cucuphar :

« 1er *avril*. — J'épouse enfin Célina. Le soir, elle rougit en me donnant son premier baiser. O ivresse !

« 8 *avril*. — Son cousin-germain Octave, jeune carabin d'espérance, vient nous voir. Il veut aller coucher à l'hôtel. Je le force à accepter notre chambre d'ami.

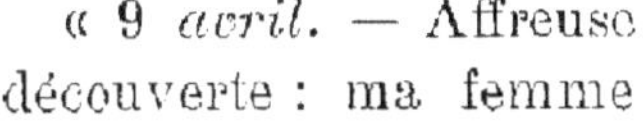

« 9 *avril*. — Affreuse découverte : ma femme est somnambule... M'étant réveillé sur le coup de trois heures, j'aperçois ma bien-aimée au milieu de la chambre, les bras étendus, marchant à tâtons. J'allume la bougie; elle pousse un cri (pas la bougie, ma femme). Elle se recouche et m'avoue que, jeune fille, elle allait fréquemment se promener sur les toits. » — Sur quels toits ? lui dis-je. — Sur les miens, me répond-elle chastement. — Tais-toi ! »

« 10 *avril*. — Je confie la chose à mon carabin de cousin. Mon cousin de carabin me dit qu'il ne faut jamais réveiller les somnambules, sous peine d'accident mortel. La nuit qui suit, je fais le guet. A trois heures, ma femme se lève et se promène pendant une heure dans l'appartement. Au bout d'une heure, elle se recouche tranquillement.

« 11 *avril*. — Je ne fais plus le guet. A trois heures, de nuit, ma femme se lève; je la laisse bien tranquillement arpenter l'appartement. Elle se recouche à quatre heures moins le quart ; à quatre heures et quart, elle se relève, et se recouche au bout de vingt minutes. Elle se re-relève à cinq heures. Nom d'une pipe ! trois attaques de somnambulisme ! cela devient inquiétant. A cinq heures et demie, elle se re-recouche, et ne se re-re-relève plus.

« 12 *avril*. — Octave m'apprend qu'il part le 15.

« 13 *avril*. — Deux attaques de somnambulisme.

« 14 *avril*. — Trois attaques. Je ne m'inquiète plus, et je m'endors du sommeil du juste. A six heures, je m'éveille. Personne à mes côtés. Ciel ! ma femme serait-elle allée sur les toits? Aurait-elle dégringolé ? — Je vole chez Octave. — Stupéfaction ! ma femme s'est trompée de lit. — Je hurle. Elle s'éveille. Elle voit Octave. Ah ! peindre son étonnement est impossible. Quant à Octave, il ronflait comme un sabot. Pauvre Octave, il n'a jamais su le bien qui lui était venu en dormant. »

Nota. — Les membres du conseil de l'Ordre Jonquille nomment le duc de Saint-Cucuphar président d'honneur.

CHAPITRE XXXIII

Le miracle de la bosse fondue.

IFFÉRENTS petits miracles avaient été signalés dans la journée qui précéda l'apparition de Benoit Labre aux demoiselles Duvorpin. Ils furent mentionnés dans les principaux organes de la dévotion à la Grotte.

Quant à l'apparition du saint pouilleux, les deux vieilles filles, tout à leur joie, en soufflèrent quelques mots discrets à des dames de divers pèlerinages, mais sans donner de grands détails; elles jugèrent prudent, et avec raison, de garder pour elles le secret des privautés intimes de l'habitant du ciel.

Aussi, en moins de quarante-huit heures, tous les dévots en station à Lourdes connaissaient le prodige.

La majeure partie des pèlerines se montraient avec admiration Irlande et Scholastique.

On chuchotait tout bas dans la basilique, en se les désignant lorsqu'elles allaient égrener des rosaires sous les nefs sacrées, ornées de béquilles.

— Voyez-vous ces deux vieilles demoiselles, agenouillées là-bas, un chapelet à la main ?

— Oui.

— Le grand saint Labre leur est apparu il y a trois nuits.

— A toutes deux successivement ?

— Non pas, mais bien à toutes deux séparément, et à la même minute.

— C'est un grand miracle.

— Certes.

— D'autant plus que ce n'est pas en rêve qu'elles l'ont vu ; elles ont touché ses guenilles, elles ont eu l'insigne honneur de baiser ses mains.

— Des mains corporelles, n'est-ce pas ?

— De vraies mains, en chair et en os.

— Quelle joie ! Notre sainte religion ne manquera pas de triompher bientôt, puisque le ciel nous accorde les miracles que nous lui avons tant demandés !

— Ce n'est pas fini, il faut l'espérer...

— Oui, un grand miracle ne vient jamais seul

— Puisque le puissant saint Labre s'en mêle, nous aurons sans doute bientôt quelque prodige éclatant, quelque guérison merveilleuse et indéniable qui confondra l'incrédulité des impies !

Tandis que cette conversation se tenait à voix basse dans une des nefs de la basilique, un bossu entrait. Il possédait une bosse formidable, une de ces bosses comme on en rencontre rarement, dont on peut dire même que le moule a été perdu.

Il fit lentement le tour de la basilique, examina avec attention les plus beaux ex-voto et s'agenouilla devant plusieurs autels.

Évidemment, ce bossu était venu à Lourdes pour obtenir la guérison de sa bosse, le redressement de son épine dorsale.

A ce moment, l'abbé Groussofski était en train de se débattre avec un infirme d'un autre genre qui voulait se confesser à lui.

Groussofski venait de dire sa messe dans une des petites chapelles et il rentrait à la sacristie, précédé de son enfant de chœur, lorsqu'un grand diable d'individu se planta devant son passage en agitant d'immenses bras et en poussant des cris rauques.

Notre abbé fit un bond en arrière et faillit du coup lâcher son calice, sa patène et les autres ustensiles sacrés qu'il avait à la main.

L'individu était un sourd-muet de naissance, incapable de produire autre chose que des sons gutturaux tout-à-fait inarticulés.

L'abbé croyait avoir affaire à un fou.

Il se glissa contre un pilier, envoya un grand coup de pied dans le derrière de l'enfant de chœur pour le faire aller plus vite, et se faufila prestement à la sacristie.

Mais le sourd-muet en tenait pour se confesser.

Il se cramponna à Groussofski, et, à force de pantomime, avec grand renfort de gestes expressifs, il lui fit comprendre qu'il désirait recevoir une absolution.

Le cas était embarrassant.

Un prêtre ne peut absoudre un pénitent sans avoir préalablement entendu sa confession.

Or, le pénitent était sourd-muet.

Il fallut bien alors procéder à une confession par gestes.

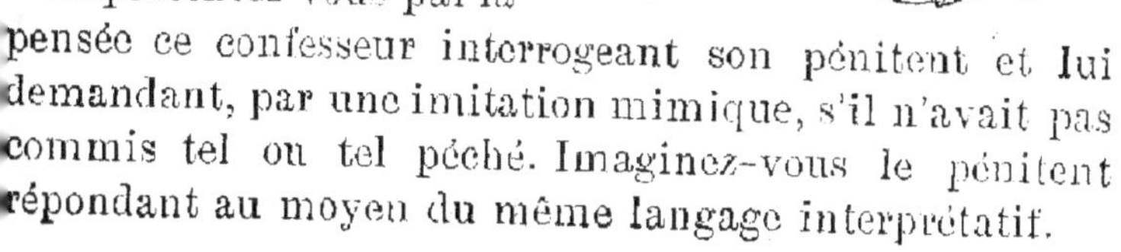

Ce fut, comme vous pensez bien, un dialogue extrêmement curieux, dont le lecteur peut se faire une idée, mais qu'il est impossible à l'auteur de reproduire.

Représentez-vous par la pensée ce confesseur interrogeant son pénitent et lui demandant, par une imitation mimique, s'il n'avait pas commis tel ou tel péché. Imaginez-vous le pénitent répondant au moyen du même langage interprétatif.

La scène était aussi édifiante que curieuse, d'autant plus que tout le public, qui venait à la sacristie pour acheter des scapulaires et des médailles, assistait à cette étrange confession et n'en perdait pas un geste.

Quand Groussofski eut absous le muet, il passa à l'église et rencontra le bossu qui sortait.

L'abbé n'hésita pas à l'aborder.

— Mon ami, dit-il, vous venez sans doute à Lourdes pour obtenir une guérison ?

— Je viens par acquit de conscience; mais je n'espère pas être redressé.

— Pourquoi cela ?

— J'ai déjà adressé mille prières à tous les saints du paradis, j'ai fait des neuvaines, j'ai passé des nuits entières au pied des autels, j'ai dit des milliards de chapelets, rien ne m'a réussi.

— Ce n'est pas une raison pour désespérer.

— Je suis allé en pèlerinage à la Salette, je me suis frictionné l'échine avec l'eau de la source.

— A la Salette ?... Cela ne m'étonne pas, que vous n'ayez obtenu aucun résultat !... La Salette, mon ami, est loin de valoir Lourdes.

— Enfin, je vous le répète, je suis venu ici par acquit de conscience, mais sans aucun espoir.

Un groupe s'était formé autour des deux interlocuteurs.

Groussofski leva un œil inspiré.

— Avec l'aide du ciel, dit-il, les miracles auxquels on s'attend le moins arrivent.

— Celui après lequel je soupire n'arrivera pas, hélas! répondit le bossu d'un air navré.

— Vous n'avez jamais, sans doute, été soutenu dans vos prières par une âme fidèle et compatissante ?

— Non, cela n'est malheureusement que trop vrai.

— Alors, mon ami, je vois pourquoi vous n'avez pas été exaucé... Voulez-vous que nous prions ensemble? Je vous offre mon concours dévoué. Deux voix se font toujours mieux entendre qu'une seule.

— Monsieur l'abbé, vous êtes trop bon; mais votre offre me paraît faite de si bon cœur que je l'accepte.

— Eh bien, nous allons de suite commencer nos invocations.

Le pompier ensoutané fait d'abord une prière.

L'assistance était enthousiaste.

— Oh! le bon prêtre! disait-on à la ronde. Bien sûr, c'est un saint.

— Qu'est-ce que cet abbé? demandaient quelques pèlerins curieux.

— C'est sans doute un ami des demoiselles Duverpin, qui ont été favorisées d'une apparition de saint Labre; car, voyez-vous, il a l'air de les connaître.

— C'est vrai, ma foi. Le voilà qui cause avec elles.

— Mais c'est leur aumônier, fit quelqu'un.

— Oh! alors, certainement, cet homme doit être d'une haute et grande sainteté.

Personne ne douta plus dès lors qu'un miracle allait se produire. On se précipita en foule du côté de la piscine, où venaient d'arriver Groussofski et le bossu, ainsi que les deux vieilles filles. En quelques minutes, la basilique fut déserte, tout le public des pèlerinages se portant vers la grotte.

Lariflaet ses trois compagnes de voyage s'y trouvaient.

Sans doute, ils étaient venus là en curieux.

En apercevant le bossu, chacune des trois dames se dit :

— Il me semble que j'ai déjà vu cette tête quelque part.

La cérémonie commença.

Groussofski fit placer le bossu sous un robinet et ordonna à tous les assistants de joindre leurs prières aux siennes pour obtenir un miracle. Larifla donna l'exemple de la piété en élevant ses bras vers le ciel et en criant : « Jésus! Marie! Joseph ! » ce qui étonna fort Marthe, Pauline et Gilda.

Le robinet fut ouvert, et l'eau de la source miraculeuse coula.

D'abord, la redingote du bossu s'humecta ; puis, le liquide, une fois que les vêtements et le linge furent littéralement trempés, se répandit par terre, dégoulinant tout le long du corps du bossu.

Comme on n'était plus dans la belle saison, notre homme grelottait quelque peu ; mais l'abbé l'encourageait à braver la fluxion de poitrine.

Les assistants se demandaient, anxieux, si le miracle s'accomplirait.

Personne ne perdait de vue, tout en priant, le robinet et la bosse.

Tout à coup, Irlande s'écria :

— Dieu tout-puissant ! ça a diminué !

Etait-ce la vérité ? ou bien était-ce une illusion d'optique?

La chose fut contestée par les uns, et quelques autres déclarèrent qu'ils voyaient comme Irlande.

S'il y avait diminution, elle n'était pas sensible.

Heureusement, le robinet répandait toujours son liquide.

Irlande n'avait pas eu la vue trouble. Le miracle s'opérait réellement. On le constata mieux au bout de quelques minutes.

Plus le temps passait, plus le prodige était visible. Il était maintenant certain, et, pour le nier, il eût fallu être aveugle.

Au fur et à mesure que l'eau miraculeuse coulait, la bosse diminuait.

Ce furent des vivats, des chants d'allégresse.

La cérémonie, commencée par de vulgaires invocations, se termina avec des *Te Deum* beuglés à tue-tête.

Enfin, Groussofski ferma le robinet. Le bossu n'avait plus l'ombre de sa bosse.

Des dames charitables avaient été quérir du linge chaud; on enferma le miraculé dans un cabinet tout proche; il quitta ses vêtements mouillés, se frictionna et changea de linge et d'habit.

A sa sortie, il fut l'objet d'une ovation.

Il est juste de dire que Groussofski eut sa part du triomphe.

Il n'y avait qu'une voix pour proclamer que le miracle était dû à son intervention.

Le miraculé, du reste, était le premier à le crier pardessus tous les toits :

— Sans monsieur l'abbé, hurlait-il, je serais encore bossu !.. J'avais fait des neuvaines, dit des rosaires, passé des nuits entières à user les genoux en adoration ; j'avais même été à la Salette... Ce sont les prières de monsieur l'abbé qui m'ont valu ma guérison.

Quant aux demoiselles Duverpin, inutile de dire si elles étaient fières d'avoir un tel aumônier!

En rentrant à leur hôtel, les trois bonnes amies de Larifla ne manquèrent pas de l'interroger au sujet de ce miracle. Malgré leurs airs de dévotion qu'elles ne prenaient que devant leurs maris, et encore seulement quand elles trouvaient cela nécessaire, Marthe, Pauline et Gilda étaient quelque peu sceptiques.

— Pourriez-vous, cher Robert, demandèrent-elles, nous expliquer d'où vous est venu ce bel accès de piété qui vous a pris tantôt, dès l'arrivée du bossu de la grotte?

— Rien de plus simple : je m'intéressais à cet infirme.

— Vous le connaissiez?

— Oui et non.

— Ce n'est pas là une réponse.

— Je ne le connaissais que depuis quelques jours.

— Et vous teniez tant que cela à voir se produire le miracle?

— J'y tenais d'autant plus, à ce miracle, que c'est moi qui l'ai accompli.

— Ah bah!

— Comment donc?

— La bosse était faite avec un pain de sucre.

Les trois femmes se regardèrent et poussèrent un joyeux éclat de rire.

— Ah! voilà pourquoi cette bosse s'est si bien fondue!

En deux mots, nous dirons ce qui s'était passé.

Peu de jours auparavant, un homme s'était présenté à l'hôtel où logeait Larifla.

C'était Tirelampion, le jocrisse de la troupe Athanase Veauluisant.

Il avait été congédié par son directeur pour avoir

Au fur et à mesure que l'eau miraculeuse coulait, la bosse fondait. (*Chap. XXXIII.*)

laissé une nuit la cage aux serpents ouverte; tous les reptiles avaient profité de l'occasion pour prendre la clé des champs.

Le patron, déjà furieux de ce qu'un de ses spectateurs lui avait emmené son autruche, entra dans un bel accès de rage et chassa le négligent Tirelampion à grand renfort de coups de pied et de coups de poing.

L'infortuné jocrisse avait pensé à implorer protection auprès de Larifla, qu'il avait vu chez le brigadier de gendarmerie d'Argelès, et qui lui avait paru bon garçon.

Il s'informa, apprit que le propriétaire de Pélagie était à Lourdes, et comme notre clown était loin d'être bête, il fit tant et si bien qu'il sut dénicher l'adresse de Robert.

Tirelampion narra son malheur.

Larifla écouta avec intérêt le pauvre diable.

— Me voilà absolument sur le pavé, gémissait celui-ci ; comment me refaire du jour au lendemain une position sociale?

— Une idée ! Nous sommes à Lourdes. Soyez l'objet d'un miracle.

— Comment ça?

— Oui, cassez-vous une jambe, par exemple, mais de façon à ce qu'un bain dans la piscine vous la raccommode.

— Compris, seulement, ce ne doit pas être aisé de faire celui qui a la jambe cassée.

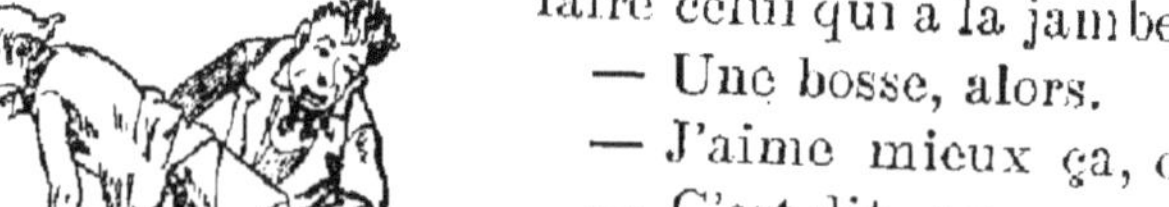

— Une bosse, alors.

— J'aime mieux ça, en effet.

— C'est dit, avec un pain de sucre sur le dos, vous serez bossu, et l'eau de la merveilleuse source fondra votre bosse.

— Parfait! Justement, j'ai été tailleur au régiment ; donnez-moi quelques fonds pour que j'achète du drap, et, en moins de quarante-huit heures, je me charge de me confectionner une redingote spéciale destinée à recéler mon pain de sucre.

— Très bien! voilà de l'argent.

— Mais quelle sera la fin finale de l'aventure?

— Parbleu! le clergé, qui ne coupera pas dans le pont, verra que vous êtes un malin bon à utiliser et vous trouvera promptement un emploi lucratif; en outre, comme miraculé vous serez l'objet d'une profonde vénération de la part de toutes les vieilles dévotes des différents pèlerinages qui sont ici, et, vous savez, être vénéré rapporte gros.

— Eh bien! allons-y gaiement.

— Non, ce n'est pas tout. Il vous faut le concours, ou pour parler plus exactement, la complicité d'un prêtre. J'en ai un sous la main : l'aumônier de deux vieilles dévotes, un gaillard que j'ai ramené chez lui après l'avoir dégrisé, parce qu'il disait des bêtises et m'avait raconté toutes ses petites affaires. Je vais le voir, pendant que vous allez vous occuper de votre pain de sucre et de votre redingote.

Effectivement, Larifla avait rencontré, la veille, notre Groussofski, qui s'était pochardé d'une façon remarquable. Il l'avait reconduit à son domicile, non sans lui avoir fait prendre quelques gouttes d'ammoniaque dans un verre d'eau sucrée; car l'abbé, fort en train, lui avait expliqué en détail sa vraie situation, et Robert, pensant que le gaillard pourrait lui être utile, tenait à ce qu'il n'allât pas répéter ses confidences à d'autres dont la discrétion ne serait pas sûre.

Quand ils se revirent, Groussofski ne savait comment témoigner sa reconnaissance à un jeune homme qui s'était conduit envers lui d'une façon si délicate.

— Ne causons plus de cela, fit Larifla; seulement,

mon cher pompier en soutane, gardez-vous bien de boire désormais, vu que cela vous jouerait un mauvais tour. Vous avez la langue trop longue quand vous avez votre plumet, et vous ne rencontrerez pas toujours des bonshommes, comme moi, que vos aveux laisseront tout-à-fait indifférents.

— Merci mille fois de vos bons conseils.

Robert avait alors expliqué au faux Groussofski qu'il lui offrait, pour lui être agréable, le moyen d'asseoir à jamais sa situation dans le clergé. Il s'agissait d'accomplir un miracle. L'abbé accepta de bon cœur.

La comédie avait donc été jouée d'un parfait accord entre Larifla, Groussofski et Tirelampion.

Mmes Mortier, Paincuit et Campistron n'eurent pas cependant tous les détails de l'histoire; car Robert se refusa à faire connaître les conditions dans lesquelles il avait rencontré l'abbé, ni surtout ce qu'il avait appris de lui-même.

Une complication survint.

Robert prolongeait son séjour à Lourdes, partageant ses instants entre ses trois maîtresses et accomplissant des prodiges de ruse pour les empêcher de comprendre qu'il avait le cœur plein d'un triple amour. Pélagie avait été installée dans une chambre à part où elle recevait tous les soins désirables.

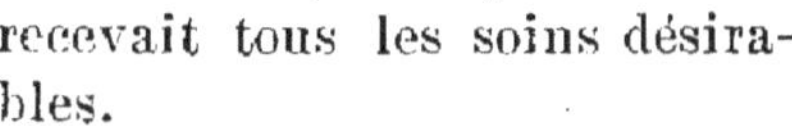

Un beau matin, arrive comme une bombe le fameux Ship Chandler de la False-Bay, flanqué de sa fille Briséis.

L'Anglais est enfin parvenu à rejoindre Larifla!

Il se jette dans ses bras, le presse de vive force sur son cœur, l'appelle son gendre.

Les trois dames se demandent ce que cela signifie.

Larifla proteste contre ces appellations.

On s'explique.

Ce que veut Ship Chandler, c'est le mariage de sa fille Briséis avec Robert.

Robert regarde Briséis : elle est charmante, elle a tout pour plaire, elle a une fortune immense par-dessus le marché ; mais Robert est l'adversaire du mariage et surtout du mariage forcé.

Il rejette donc la demande de l'Anglais, tout en s'exprimant avec une courtoisie parfaite, en mettant son refus sur le compte d'un tas de motifs très polis, mais auxquels il est impossible d'ajouter foi.

Marthe, Pauline et Gilda respirent.

Chacune pense en elle-même que ce monstre de Robert est toujours digne d'être adoré par elle.

Ship Chandler se retire en maugréant; il dit qu'il reviendra, qu'il sera partout à la remorque de Robert, jusqu'à ce qu'il se décide.

Briséis essuie une larme furtive.

CHAPITRE XXXIV

Le jour du krack.

BIEN des semaines se sont passées. Les pèlerinages ont quitté Lourdes. Nous sommes en janvier 1882.

M. Paincuit a creusé profondément sa cave et n'a pas réussi à découvrir son trésor. Si le propriétaire savait qu'il a gratté en de certains endroits jusqu'au dessous des fondations, au risque de compromettre la solidité de l'immeuble, bien sûr il lui intenterait un procès.

Néostère n'a pas perdu confiance, toutefois : il attend que la Providence jette sur son chemin le nègre sans lequel le trésor restera toujours caché.

M. Mortier et le colonel ont fait excellent accueil à leurs femmes, qui ont raconté en termes émus les merveilles de Lourdes.

Groussofski est toujours l'aumônier des demoiselles Duverpin.

Troufignon et le curé de Saint-Germain-l'Empalé, qui n'ont rien compris au miracle de la bosse fondue, lui ont demandé l'explication, et l'aumônier leur a raconté son truc, sans parler néanmoins de Larifla, et en s'attribuant tout le mérite de la combinaison.

Les deux collègues sont ravis.

— Mon garçon, dit Hulubcrlu, vous irez loin.

— Vous finirez dans la peau d'un évêque, ajoute Romuald.

Ainsi qu'on le voit, ils n'ont pas gardé rancune à Groussofski de son abominable farce de Lourdes.

Les Nymphes de la Rose ont été très satisfaites de leur voyage, d'autant plus que de Lourdes elles sont allées à Fontarabie, qui est à deux pas. Là, il y a un casino, avec toutes les distractions de Monaco, comme dit le prospectus.

Il est reconnu que les jeunes personnes de mœurs légères ont de la chance à la roulette. Ces demoiselles gagnèrent donc beaucoup d'argent.

Larifla, sitôt le départ de Ship Chandler, s'est empressé de plier bagage et de revenir à Paris, en disant pourtant à son hôtel qu'il va passer quelques semaines à Barcelone et à Madrid.

Il est certain que l'Anglais du Cap, qui reviendra à coup sûr prendre de ses nouvelles, en aura ainsi pour un petit voyage en Espagne.

Bredouillard et Jacques Bistrouille ont eu à plaider

une ou deux fois dans l'affaire Larifla contre Tardieu; c'est le neveu du colonel Campistron qui a été chargé de soutenir les intérêts du propriétaire.

Cela a été une belle lutte oratoire.

Il fallait entendre Bredouillard affirmant que Robert avait le droit, en vertu de son bail, d'avoir Pélagie chez lui. Et là-dessus, il se lançait dans de longues dissertions sur les autruches et sur le spiritisme; car notre homme trouvait toujours le moyen de fourrer son spiritisme partout.

Jacques Bistrouille répondait à cette argumentation en soutenant que l'autruche n'est pas un oiseau, mais un coureur.

Alors, toute la discussion roula là-dessus.

On apporta à la barre des montagnes de dictionnaires d'histoire naturelle.

— Elle a des ailes, Pélagie, disait Bredouillard; donc Pélagie est un oiseau.

— Cela ne suffit pas; elle n'a pas de vol, elle marche, elle court, mais elle ne peut s'élever à de grandes hauteurs.

— Qu'importe! elle bat des ailes et peut s'élever à cinquante ou soixante centimètres, et même des fois à un mètre en l'air; donc, c'est un oiseau.

— Pardon! un poisson-volant s'élève aux mêmes hauteurs, et un poisson-volant n'a jamais été un oiseau.

Pour l'édification complète du tribunal, on fit citer un professeur du Collège de France.

Georges Bistrouille lui demanda si c'étaient les ailes ou le vol qui constituaient l'oiseau.

Le professeur répondit que c'étaient les ailes.

— Alors, dit le président, si un crocodile avait des ailes dont il ne se servirait pas, ce serait néanmoins un oiseau?

Le professeur se gratta le nez et pria le tribunal de lui accorder le temps nécessaire à l'examen de cette grave question.

L'affaire fut remise à un mois. Le président était M. Mortier, qui, depuis que Pélagie avait été retrouvée, ne voyait plus Robert de si bon œil.

Quelqu'un qui fit sensation dans ce procès, ce fut le concierge Orifice.

L'auditoire se tint les côtes pendant toute sa déposition.

Il raconta des histoires de cul-de-jatte qui s'était tout à coup offert des jambes d'une longueur extraordinaire, et de diables noirs qui avaient dansé un quadrille en l'air dans la cage de l'escalier; il entremêla ses récits d'aboiements pittoresques; enfin il déclara que, depuis l'entrée de M. Larifla dans sa maison, son moutard Hyacinthe ne cessait plus de faire caca au lit.

Comme on le voit, le procès Larifla-Tardieu amusa énormément le public habituel du palais.

Les substituts Belvalli et Saint-Brieux avaient été congédiés par la présidente.

C'était Robert qui avait exigé cela.

— Marthe, avait-il dit un jour à Mme Mortier, j'ai sacrifié pour vous un magnifique mariage...

— C'est vrai, mon ami.

— Or, vous ne reconnaissez pas mon sacrifice par toute l'affection qui m'est due.

— Vous trouvez que je ne vous aime pas assez?

— Vous m'aimez beaucoup, je n'en disconviens pas; mais je tiens à être aimé seul.

— Que voulez-vous dire?

— Je pense que je ne suis pas seul bien reçu ici.

— Oh ! vous osez avoir de tels soupçons ?

— Oui, Marthe, j'ose, et je vous prie de renoncer aux visites de M. le substitut Belvalli...

— Soit ; mais je vous jure...

— De M. le substitut Saint-Brieux...

— Je vous l'accorde, mais en protestant de mon...

— De l'abbé Romuald...

— Robert, si vous y tenez, je le veux bien ; mais...

— De M. le curé de Saint-Germain-l'Empalé...

— Vous êtes cruel... Je vous obéirai.

Il énuméra de la sorte toute une litanie de noms.

Bref, il obtint gain de cause.

Marthe fut sans doute bien privée ; peut-être sortit-elle en cachette, mais enfin elle sauva les apparences.

Un heureux mortel, c'était Pharamond Le Crêpu. Il avait réussi à se faire élire conseiller municipal à Clichy-la-Garenne, et il ne parlait plus que de devenir président de la République sitôt que la place serait vacante.

Il était toujours collectiviste ; toutefois il commençait à incliner quelque peu vers l'anarchie.

Il disait une bien belle chose :

— Quand je serai président de la République, je garderai la place pendant trois ans en mettant mes appointements de côté, et je donnerai ma démission en signant en même temps un décret qui supprimera la présidence.

Avec cela, il était sûr de transmettre à la postérité un nom auprès duquel celui de Washington pâlirait.

Il venait de temps à autre à Paris, et ne manquait pas de rendre visite à l'établissement du *Général Cambronne.*

Nous savons que, le soir où l'abbé du Louvre tâta les rotondités de Paméla, celle-ci, humant son mari avant le dîner, lui trouva une odeur particulière sur la nature de laquelle son nez ne se trompait pas.

Voici quel était le fin mot de l'énigme :

Pharamond était prédestiné aux amours de lieux d'aisance. A Marseille, il avait épousé les *Méditations de Lamartine*; à Paris, c'était auprès de la dame du *Général Cambronne* qu'il criblait son contrat de coups de canif.

Ce n'était pourtant pas une belle femme, Mme Sapajou. Elle avait de grands yeux ronds à fleur de tête, des dents inégales et pas blanches du tout, un nez écrasé, une taille énorme, des bras en boudins, une bouche fendue jusqu'aux oreilles.

Elle était tellement laide que, le jour où son mari s'aperçut qu'il était cocufié par le cordonnier-poète, il en fut tout ravi.

La généralité des maris se fâchent quand ils apprennent que saint Sganarelle est devenu leur patron. Achille Sapajou, lui, fut dans la jubilation. Il avait donc enfin de quoi river le clou à ses amis lorsqu'ils le blagueraient.

— Eh bien! comment va ton horreur de femme? lui demandaient parfois ses intimes.

— Mon horreur de femme! s'écria-t-il, on voit bien que vous n'êtes pas des connaisseurs en beauté, vous autres... Mon horreur de femme, dites-vous, quand Mme Sapajou est ravissante!... Oh! quel blasphème, mes amis! La preuve que mon épouse est aimable et jolie, c'est que je suis cocu.

Il prononçait ce dernier mot d'une façon triomphale.

Aussi, avec quelle cordialité touchante il serrait les mains de Pharamond Le Crêpu, quand celui-ci venait papillonner autour du comptoir du *Général Cambronne*.

— Ce cher ami! lui disait-il.

Il affectait de ne s'apercevoir de rien; il était heureux de laisser aux coupables autant que possible le champ libre.

Et puis, — était-ce un pur hasard? ou bien y a-t-il une providence pour les maris trompés? — jamais l'établissement n'avait autant prospéré que depuis le jour où Achille Sapajou avait constaté, sans que sa femme le sût, pourtant, qu'elle lui en faisait porter.

C'était vrai, ça! Les pièces de quinze centimes pleuvaient, depuis ce jour-là, dans sa caisse, avec un entrain admirable.

L'établissement était admirablement situé.

A deux pas du temple de l'agiotage, il avait la clientèle attitrée de tout ce monde étrange qui en fréquente les parvis.

Mieux que personne, mieux qu'un agent de change même, Achille Sapajou connaissait les cours. Suivant que c'étaient les haussiers ou les baissiers qui se précipitaient chez lui, il savait à quoi s'en tenir sur les fluctuations de la Rente.

Or, depuis quelque temps, les haussiers donnaient beaucoup. Il s'était fondé une certaine maison de banque, sous le nom de l'*Union générale*, laquelle avait semblé au premier abord devoir devenir maîtresse du marché.

Ses actions faisaient prime. On se les arrachait. C'était du délire.

— Bel enthousiasme! mais ça ne durera pas, disait Achille Sapajou qui avait du nez.

Et les actions de l'*Union générale* montaient toujours.

Puis, un beau matin, selon les prévisions du directeur du *Général Cambronne*, la chance tourna. Il y eut comme un vent de baisse qui commença à souffler sur la grande majorité des valeurs.

Ensuite, cela prit l'air d'une véritable débâcle.

Achille Sapajou dit à sa femme.

— Je flaire une catastrophe, Mélanie. Il faut faire, dès ce soir, la tournée de tous les kiosques des boulevards et ramasser tous les bouillons du *Monde;* nous manquerons de papier.

— Tu crois, Achille?

— Je le sens, et j'ai peur même que le *Monde* ne suffise pas.

— Cependant, c'est le journal de Paris qui donne la plus grande quantité de bouillons. Rien qu'avec les invendus de cette feuille, il y aurait de quoi frictionner tous les derrières de l'arrondissement.

— Je ne dis pas non; mais il y a dans l'air une baisse qui fera époque.

— Et tu crois que le *Monde...?*

— Oui, je crois qu'il ne suffira pas.

— Alors, c'est que ce sera quelque chose d'épouvantable!

— Précisément; la moitié de Paris au moins aura la colique.

Le lendemain, la Bourse était, en effet, sens dessus dessous. Il y avait un effondrement terrible de l'*Union générale*, qui entraînait dans sa chute une quantité extraordinaire de valeurs.

Le désarroi était immense.

Ce n'était plus une baisse, c'était un cataclysme.

On ne parlait que de gens qui, ruinés brusquement, se faisaient sauter la cervelle.

Ce jour-là, Pharamond était venu à Paris, et il ne manqua pas de rendre visite à Mélanie.

Accoudé près du comptoir, il murmurait à la belle des galanteries, tandis que les clients allaient et venaient, entrant à flots pressés. Achille Sapajou faisait le service avec deux bonnes.

— Diable! ça va fort aujourd'hui, fit Le Crêpu en s'adressant au mari débonnaire, pour ne pas paraître ne causer qu'avec sa femme.

— Oui, j'aurais dû me faire prêter par le restaurateur d'à-côté quelques-uns de ses garçons à titre d'extra.

— Sans doute.

Comme son mari ne suffisait plus à la besogne, Mélanie quitta le comptoir et prit un pinceau supplémentaire.

Les clients entraient à chaque minute plus nombreux.

— On n'a droit qu'à deux minutes dans les jours de presse, criait Achille.

Mélanie Sapajou pria Pharamond de donner un coup de main.

— Avec plaisir, répondit l'amoureux.

Et voilà le conseiller municipal de Clichy-la-Garenne qui retrousse ses manches et prend part au nettoyage précipité des cuvettes.

Ah! il faisait beau le voir, courant d'une cabine à l'autre, agitant son pinceau de chiendent, le front ruisselant de sueur, bien qu'on fût en plein mois de janvier.

Tout le monde se donnait un mal de diable.

Soudain, une femme entre comme un ouragan dans l'établissement; c'était Paméla.

Tableau!

Elle se jette sur son mari et le soufflette.

— Brigand! scélérat! monstre! je savais bien que tu me trompais! mais j'ai voulu te prendre en flagrant délit!

— Mais, Paméla, je te jure...

— Toi, un homme politique, toi, un aspirant député, toi qui seras probablement ministre, tu voudrais me faire croire que c'est pour le pur amour de l'art que tu es ici à cette heure occupé à manier la balayette et le broc à l'eau!... Non, mon cher, je n'avale pas de ces blagues-là!... Je ne suis pas tombée de la dernière pluie!...

Et, après avoir giflé son mari, la jalouse Marseillaise, qui a soif de carnage, se jette sur Mélanie Sapajou et lui attrape le chignon.

Les deux femmes sont aux prises.

Elles crient, hurlent, s'injurient. Les clients sont inquiets. Les deux maris essayent de séparer les combattantes, qui s'égratignent, dont la figure est labourée de coups d'ongles.

Tout à coup, Achille s'écrie :

— Nom d'une pipe ! ce n'est pas le moment de faire une scène!... On s'expliquera tout à l'heure; mais nous sommes en plein krack financier... Il faut n'avoir pas de cœur, sapristi! pour ne pas sentir la hauteur de la situation !

Ce mot produisit sur Paméla un effet prodigieux.

En effet, elle était venue troubler une journée comme il n'y en aurait certainement pas deux dans l'histoire des lieux d'aisance.

Le remords la saisit, les souvenirs de son ancienne profession lui reviennent à la mémoire. Elle songe à tout ce passé glorieux. Elle lâche Mélanie et dit au directeur du *Général Cambronne* :

— Vous avez raison, monsieur Sapajou, passez-moi une balayette!...

Ce fut un beau spectacle. Oubliant leurs colères réciproques, les deux femmes s'attendrissent et font noblement leur devoir. Pharamond et Achille, de leur côté, s'en donnent à cœur joie.

Les deux femmes sont aux prises; les maris essayent de séparer les combattantes. (*Chap. XXXIV.*)

— Ami Le Crêpu, dit M. Sapajou, prenant de nouveau la parole, malgré mon ingénieuse prévoyance, nous sommes menacés de manquer de papier; nous avons épuisé tous les bouillons du *Monde !*

— C'est inouï !

— Faites de suite, je vous en prie, la tournée du quartier, et achetez les invendus du *Moniteur Universel.*

— Croyez-vous que cela suffira cette fois?

— Je le présume; le *Moniteur* est, après le *Monde*, le journal de Paris qui a le plus d'invendus.

CHAPITRE XXXV

Conséquences, inconséquences et conclusions.

ous n'étonnerons personne en disant que le grand saint Labre, quand il s'y mettait, faisait bien les choses; Irlande et Scholastique, quelques mois après leur retour à Paris, s'en aperçurent.

D'abord elles se dirent : — Tiens! qu'est-ce qui m'arrive?... C'est bien étrange!

Puis : — C'est inquiétant!

Ensuite : — Serais-je dans le cas de la bienheureuse vierge Marie?

Enfin, chacune fit à part soi des comparaisons intimes et conclut que le ciel devait avoir besoin d'un nouveau Messie, et qu'il s'était adressé à elle en lui déléguant saint Labre en guise d'ange Gabriel. Seulement, pourquoi le ciel avait-il besoin de deux Messies? Cette considération ne laissait pas que de les troubler.

Les deux vieilles filles se regardaient l'une l'autre, d'un air assez piteux, considérant le gonflement de leur ventre. (*Chap. XXXV.*)

Elles se regardaient l'une l'autre d'un air assez piteux, considérant le gonflement de leur ventre, se posant des milliers de points d'interrogation.

La dévotion finit par prendre le dessus.

Ce qui était indéniable, c'est qu'elles avaient été l'objet d'une distinction céleste. Sans doute le Très-Haut avait des desseins impénétrables, dont il devenait sacrilège de vouloir chercher la clef.

Il fallait, en somme, prendre patience et attendre les décrets de la divinité. Elles se résignèrent.

A vrai dire, elles consultaient quelque peu l'abbé Groussofski, à qui chacune ouvrait son âme

Le pompier tonsuré leur mettait, à chaque confession, du baume dans le cœur.

— Comment cela s'est-il passé? demandait-il.

— Oh! c'est vraiment un événement mystérieux. Je dormais... Tout à coup, j'ai vu devant moi notre grand saint Labre; il était étincelant de blancheur...

— La blancheur du spectre?

— Non, c'était une glorieuse guenille qui resplendissait.

— Et son visage?

— Il était, si je ne m'abuse, entouré d une auréole fulgurante.

— Avez-vous reconnu ses traits?

— Oh! oui... Il n'a pas eu à me dire : Je suis saint Labre... J'avais vu tout de suite à qui j'avais affaire...

— Et alors?

— Il s'est avancé au pied de mon lit...

— Vous dormiez?

— J'étais plongée dans un demi-sommeil...

— Un sommeil mystique?

— Je le crois.

— Le sommeil de l'extase!

— Ce devait être cela.

— Et il vous a parlé, tandis que vous étiez plongée dans ce sommeil de l'extase?

— Il s'est nommé. Je l'ai serré dans mes bras...

— C'est un peu vif.

— Je l'ai serré... respectueusement.

— Respectueusement ?

— Oui, avec la plus grande vénération.

— Ne vous a-t-il pas adressé quelque salutation angélique ?

— Il m'a donné les plus doux noms... Oh ! c'était bien l'envoyé de la Providence!...

— Je n'en doute pas.

— J'en suis sûre.

— Et après ?

— Après, après...

Dame! le reste de l'explication se comprend, et le lecteur nous dispensera d'en donner les détails.

Philéas se prenait le menton, avait l'air de réfléchir profondément et disait à sa pénitente :

— Ma chère enfant, c'est admirable. L'événement est mystérieux. Le Tout-Puissant seul sait quels grands desseins il a formés sur le bienheureux fruit de vos entrailles.

— Ainsi soit-il! répondait chacune des deux naïves demoiselles.

Elles finirent donc par prendre courage et désirèrent avec une certaine joie le jour où elles mettraient au monde de petits Saints-Labres.

Pendant ce temps, ainsi que Larifla l'avait prévu, sir Ship Chandler avait accompli sa tournée d'Espagne. Il avait parcouru les villes principales de la péninsule, demandant à tous les échos si personne n'avait vu un jeune docteur accompagné de trois jeunes dames et d'une autruche. Il en fut pour ses frais, et, après quelques mois d'inutiles recherches, il comprit qu'il avait suivi une fausse piste et que Robert n'avait jamais quitté la France. Le voilà donc de retour à Paris. Il se rend auprès de Larifla, le prie et le supplie. Larifla reste sourd aux prières et aux supplications. Mais, un beau jour, il remarque que Briséis pleure à la suite de ses refus. La charmante enfant l'aimerait-elle?

La ténacité fatigante du père l'avait indisposé ; la grâce de la jeune fille finit par faire impression sur son cœur.

Plus il y songea, plus Larifla se convainquit qu'en Briséis se trouvaient réunies les trois perfections (physique, intellectuelle, et sentimentale), qu'il aimait éparses chez Gilda, Pauline et Marthe.

Dès lors, la théorie de M. Alfred Naquet lui sembla ne plus avoir de raison d'être. Il se dit que ce système était absurde, et Briséis lui parut adorable.

Le lendemain du jour où le jugement du procès qu'il soutenait contre M. Tardieu fut prononcé, il reçut de sir Ship Chandler des compliments de condoléance ; — car il avait été définitivement condamné.

Et comme l'Anglais lui disait :

— Puisque vous voilà réduit à cette alternative, ou de quitter la maison ou de renoncer à Pélagie, épousez donc ma fille et venez habiter chez moi avec votre autruche.

Il répondit :

— Eh bien, ma foi, c'est accepté.

Ship Chandler fit au plafond un tel saut de joie qu'il en écrasa son magnifique chapeau tout neuf.

Le mariage de Larifla et de Briséis eut enfin lieu, à la grande joie de sir Ship Chandler, qui bénit les jeunes époux. (*Chap. XXXV.*)

— Je savais bien que j'y arriverais! s'écria-t-il.

Robert fut tenté de dire à ce père tenace qu'il n'était pour rien dans sa détermination; mais il se tut.

Les noces eurent lieu ; ellè furent splendides. Le colonel et la colonelle, le plumassier et la plumassière furent invités. Quant au couple Mortier, on s'abstint de lui adresser une lettre de faire part.

Il y avait à cela une bonne raison : c'est que d'abord Larifla ne pouvait pardonner au président d'avoir rendu un jugement contre lui, et ensuite c'est que la présidente avait disparu.

Mme Suprême avait fait un matin une scène à son mari à propos d'Eglantine. Le chapelier nia tout rapport avec la domestique du président. L'épouse méfiante montra la lettre trouvée dans la coiffe. M. Suprême reconnut l'écriture de Mme Mortier, mais il n'en dit rien. Seulement, le lendemain, il tentait une démarche auprès de la sensible présidente, et il réussissait pleinement. Quelques jours après, Marthe, vexée sans doute d'être sacrifiée par Robert et ne pouvant plus sentir son mari, fila avec le chapelier.

La colonelle et la plumassière avaient pris la chose du bon côté. Elles firent des remontrances très vives à l'ingrat, lui dépeignirent les horreurs du mariage; rien ne put ébranler les résolutions de Robert, dont l'amour pour Briséis était chaque jour plus ardent. Elles se vengèrent, l'une avec Saint-Brieux, l'autre avec Belvalli. Ce qui ne les empêcha pas de venir à la noce et d'avoir l'air parfaitement indifférentes à ce qui se passait.

Ceux qui se consolèrent le plus difficilement de la fugue de Marthe furent le président, son mari, et ses deux confesseurs. Romuald et Huluberlu étaient devenus les meilleurs amis du monde. Le curé de Saint-Germain-l'Empalé apprit à son vicaire comment il s'était introduit deux fois dans son domicile : c'était par un balcon donnant sur le jardin. Il avait loué une chambre au même étage que Troutignon dans la maison voisine, et, pour venir dans le cabinet de son vicaire, c'était l'affaire d'une enjambée.

Philéas, ne voyant jamais paraître le véritable Groussofski, garda pour toujours soutane et tonsure. L'autre, qui avait de sales histoires en Pologne, eut le bon esprit de ne jamais faire connaître son identité : il préféra subir sa prison sans scandale. Irlande et Scholastique donnèrent enfin le jour aux petits Saints-Labres. Les gosses arrivèrent au nombre de trois, Scholastique ayant eu la belle idée de pondre une paire de jumeaux. Cette trinité de mômes combla de joie les deux vieilles filles, qui virent dans le chiffre des bébés une nouvelle manifestation divine. Elles attendirent les événements.

Le général Sesquivan est toujours aussi ganache que par le passé. Ses amis ont toutes les peines du monde à l'empêcher de déposer au Sénat un projet de loi autorisant les prêtres à palper dans les rues les rotondités des dames collectivistes.

Pharamond Le Crôpu est en passe de devenir député. Il prépare un programme dans lequel il demande la socialisation du sol et du sous-sol ; il veut la suppression des propriétaires et même de la monnaie : en attendant, il a loué à Paris une boutique qu'il a transformée en cabinet d'aisances et qui est située dans un quartier où les gens sont affairés. L'établissement porte cette enseigne : *A la Brise du Soir.* Il est tenu par Paméla et sa sœur, Mme Suprême, la malheureuse abandonnée. C'est à la fondation de cette maison que Pharamond doit le pardon de ses infidélités, Mme Le Crêpu, du reste, n'est pas rancunière, et l'horrible Mélanie Sapajou a été promptement oubliée.

Néostère Paincuit a adopté un négrillon à qui il a fait quitter sa place de groom dans un café du boulevard. Il ne s'en sépare plus, et ils vont de temps en temps creuser ensemble dans la cave.

Le cul-de-jatte a reparu. C'est un ancien contre-maître du père de Robert; son infirmité provient de ce qu'il a eu les deux jambes emportées par une explosion. Il a appris à Larifla que c'est à lui qu'appartient, en réalité, la mine de diamants détenue par Ship Chandler ; d'après les traités, le père de Robert n'avait été l'associé de l'Anglais que pendant un certain nombre d'années, dont la dernière vient d'expirer. Ship Chandler doit donc remettre son gendre en possession de cette importante propriété et lui rendre compte de sa gestion depuis la mort du père Larifla. Robert s'explique donc la ténacité de l'Anglais à le vouloir pour gendre ; c'était un bon moyen pour que les millions ne sortissent pas de la famille. Robert sait que Briséis était étrangère à ce calcul et il ne l'en aime que davantage. Il a renoncé à ses autres liaisons ; c'est un mari modèle.

La Granciel des Lys continue à recruter dans le clergé des affiliés à la sublime chevalerie des Nymphes de la Rose. Bredouillard bredouille de plus belle, et Jacques Bistrouille va toujours à confesse, tout en faisant des conférences matérialistes. Le colonel Campistron a reçu le pardon de son escapade du bois de Boulogne, à condition qu'il ne parlera plus d'étrangler qui que ce soit.

Orifice, le vieux concierge, est devenu complètement

fou. Quand sir Ship Chandler revint de son voyage de Lourdes et d'Espagne, le père Orifice poussa des hurlements à son aspect.

— J'arrive de Lourdes, avait dit l'Anglais au portier, et je désire parler à M. Robert Larifla.

— Le cul-de-jatte! s'écria l'époux d'Agathe... Il arrive de Lourdes! Il s'est allongé!...

Ces exclamations attirèrent la foule devant la maison; il y eut un attroupement. Le lendemain, l'*Univers* publiait une note affirmant qu'un voyage à Lourdes suffisait pour rendre les deux jambes à un cul-de-jatte, et que le concierge du numéro 47 du boulevard Saint-Michel pouvait attester un miracle de ce genre.

Au moment où je termine cet ouvrage, j'apprends que le père Orifice vient de se suicider. Dans sa folie, il ne voyait que des chiens enragés prêts à le dévorer; aussi sa cervelle travaillait-elle pour découvrir le moyen de se mettre hors d'atteinte. Ce moyen, le portier l'a trouvé un beau jour : se suspendre à une belle hauteur. Il s'est donc passé une corde au cou et s'est pendu au bec de gaz du troisième, dans la cage de son escalier.

FIN

LE MIRACLE

DE

SAINT PANCRACE

Comédie de mœurs ordre-moraliennes et cléricoliques

L'action se passe à Val-le-Fesq, petite commune rurale du Midi, en l'an de grâce 1877, sous l'admirable règne des Broglie, Fourtou et consorts, de très pieuse et très flétrie mémoire.

PERSONNAGES :

Coquillard, pèlerin encroûté, premier marguillier de la paroisse. — Boulingaud, maire imposé par l'Ordre-Moral ou gouvernement des curés. — Brandif, pharmacien, ancien maire de la commune. — Léonard, perruquier, neveu de Brandif. — Galurin, facteur rural. — Ursule, vieille fille, sœur de Coquillard. — Louise, fille de Coquillard. — Un commissionnaire du chemin de fer. — Un villageois. — Un homme de peine. — Un garçon pharmacien.

La scène représente une place publique. Au fond, un groupe de maisons, parmi lesquelles une pharmacie. A droite, plusieurs autres maisons dont une avec boutique, portant sur l'enseigne : *Léonard, barbier*. A gauche, un édifice de modeste apparence, avec cette inscription : *Mairie*. Au premier plan, la maison de Coquillard; fenêtre au premier étage, avec balcon praticable.

SCÈNE PREMIÈRE

Léonard, Boulingaud, Brandif, — puis Louise, à son balcon.

Boulingaud sort de la boutique du perruquier, en s'essuyant avec un coin de son mouchoir. En même temps, Brandif barbouillé de savon, à moitié rasé, paraît sur le seuil; Léonard est derrière Brandif, un rasoir à la main.

Boulingaud, *criant à tue-tête*. — Eh bien, non, personne n'entrera à la mairie pendant mon absence!... Si le maréchal de Mac-Mahon, notre glorieux président, a signé le décret qui vous cassait de vos fonctions, monsieur Brandif, et si j'ai été nommé à votre place, ce n'est pas pour des prunes!... La Maison Commune est devenue ma propriété particulière, de par l'Ordre-Moral entendez-vous?... J'ai révoqué tous les employés? j'ai bien fait!... J'ai supprimé tous les rouages de l'administration? j'ai bien fait!... Toute l'autorité, sachez-le, toute l'autorité est incarnée en moi, mille millions de tonnerres! et je ne tolérerai pas qu'on se permette la moindre critique de ma manière d'agir...

BRANDIF. — Et moi, je vous dis, vieux sourd, que vous n'avez pas le droit de tout bouleverser de la sorte.

LÉONARD. — Inutile de vous époumoner, mon oncle; il ne vous entend pas.

BOULINGAUD, *frappant le sol avec sa canne.* — J'y suis, j'y reste!... C'est aussi ma devise, à moi... C'est moi qui commande!... Pour être ce que vous appelez un maire imposé, je n'en ai pas moins le pouvoir... J'en use à ma fantaisie; je n'ai de comptes à rendre à personne... Ainsi, — vous pouvez le dire à vos pareils, monsieur Brandif, — si quelqu'un se présente à la mairie pendant que je suis à ma promenade, il trouvera porte de bois; les déclarations, même les plus urgentes, seront remises à mon retour... Quand le maire de Val-le-Fesq dîne, dort ou se promène, personne dans la commune n'a le droit de naître ni de mourir!

BRANDIF. — C'est le délire de l'arbitraire... (*Criant à Boulingaud:*) Mais vous ne pouvez refuser d'enregistrer un décès!

BOULINGAUD. — Vous dites?

BRANDIF, *lui criant dans l'oreille.* — Un décès! (*Louise paraît sur le balcon.*)

BOULINGAUD. — Vous prétendez que c'est un coup d'essai?... Eh bien, par ma foi! je vous montrerai que mes coups d'essai sont des coups de maître, comme disait Pythagore...

En disant cela, il va à la mairie, sort un trousseau de clefs de sa poche, enfonce la plus grosse clef dant la serrure de la porte d'entrée, et ferme magistralement.

LOUISE, *à part, sur le balcon.* — J'en étais sûre; c'est encore M. Boulingaud qui fait tout ce tapage... Oh! l'ennuyeux sourd!...

BOULINGAUD, *montrant triomphalement la porte fermée et mettant la clef dans sa poche.* — Voilà!... Maintenant, ceux qui ne seront pas contents viendront me le dire... Je leur ferai voir ce que c'est qu'un maire de l'Ordre-Moral!...

A ce mot, il est descendu auprès de Brandif.

BRANDIF, *criant.* — Vieille bête!

BOULINGAUD. — Vous dites que je m'entête?... Eh bien, oui, je m'entête! je m'obstine, je vous brave, vous et vos scélérats de camarades, qui voudriez fonder la République sous prétexte que vous êtes le nombre, la majorité... Ah! nous nous en moquons bien de la majorité, nous autres!... Le nombre, la multitude, vil troupeau!... Les hommes de bien, les honnêtes gens, les bons chrétiens selon le cœur de Dieu, à la bonne heure! ils sont en infime minorité dans le pays, c'est vrai : mais, à eux seuls, il appartient de gouverner; car ils sont les hommes de Dieu, choisis par Dieu, l'éternel souverain maître, qui prépare, dès à présent, du haut du ciel, la prochaine restauration du Roi!... Ah! la majorité!... Nous la mènerons, nous la briderons!... La masse populaire, nous la musèlerons!... J'y suis, j'y reste, voilà!... Jusqu'au bout, messieurs! (*Il va pour sortir. Se retournant :*) Jusqu'au bout! (*Il sort.*)

SCÈNE II

LÉONARD, BRANDIF, LOUISE, puis UN VILLAGEOIS.

LÉONARD. — Tiens, Mlle Louise.

Il la salue. Elle lui envoie un bonjour de la main; puis, elle rentre.

BRANDIF. — Quel crétin que ce Boulingaud!... Ah! le gouvernement des curés, l'Ordre-Moral peut se vanter d'avoir là un joli représentant!...

LÉONARD. — Dire qu'ils vous ont révoqué pour mettre ce sourd à la tête de la commune!...

BRANDIF. — S'il n'était sourd que physiquement, cela passerait encore; mais tous ces soi-disant conservateurs sont surtout sourds au moral... La voix publique a beau leur crier sur tous les tons que ce que l'on veut, c'est le progrès, c'est la justice, c'est la liberté; ils ne l'entendent pas, les malheureux!... Et ce sont ces moucherons qui ont la prétention d'entraver la marche du peuple!... A quoi servent-ils? A rien... Que font-ils? Rien...Car, en fin de compte, ce n'est pas pour faire mon éloge, mais pendant mon séjour à la municipalité je me suis rendu utile à mes concitoyens... C'est à mon administration qu'on doit la construction de l'école primaire, si bien installée, ainsi que l'asile maternel... Avec les économies que j'ai fait réaliser à notre budget, j'ai doté la commune d'une pompe neuve... Et, la semaine dernière même, n'avais-je pas acheté, de mes propres deniers, un objet des plus rares, que j'attends d'un moment à l'autre de Paris, et qui aurait fait l'ornement de notre petit muséum?

LÉONARD. — Vous ne m'aviez pas parlé de cela, mon oncle.

BRANDIF. — C'est une surprise que je réservais à la

commune, quand est arrivée ma révocation... Mais ne parlons pas de moi... En quoi mon successeur se rend-il utile?... Tu le vois, Léonard, il passe son temps à combiner mille sottises, mille mesquineries, ayant toutes pour but de vexer ses administrés, coupables en grande majorité de ne pas penser comme lui.

A ce moment, la porte de la maison de Coquillard s'ouvre, et Louise paraît. Brandif l'aperçoit, ainsi que Léonard.

BRANDIF, *saluant.* — Mademoiselle Louise...

LOUISE. — Pardonnez-moi si je viens interrompre votre toilette; mais, de mon balcon, je vous ai aperçu avec monsieur Léonard, et je profite vite de ce que ma tante Ursule est allée à la messe...

LÉONARD. — A la messe?... mais c'est aujourd'hui mercredi.

LOUISE. — Oh! elle y va tous les matins.

BRANDIF. — Mademoiselle, croyez bien que vous ne me dérangez nullement... Il y a un bon moment que j'ai interrompu ma barbe au sujet d'une discussion assez vive avec mon successeur... et, comme je ne fais attendre aucun client de mon neveu, vous pouvez sans crainte.. Voyons, de quoi s'agit-il, ma belle enfant?

LOUISE. — Vous savez, monsieur Brandif, que mon père est actuellement en pèlerinage à Lourdes...

BRANDIF. — Oui, en sa qualité de premier marguillier de la paroisse, président de l'Œuvre des Petits-Chinois, que sais-je encore?

LOUISE. — Il doit être de retour demain, et j'ai bien peur, hélas! que son pèlerinage ne l'ait pas disposé à accorder son consentement à mon mariage avec monsieur Léonard...

BRANDIF. — Le nigaud!... Oh! pardon, mademoiselle... Je voulais dire que monsieur votre père a tort de s'imaginer que les opinions religieuses ont quelque chose à voir dans un mariage, quand les fiancés s'aiment bien, comme vous deux, mes chers enfants...

LÉONARD. — M. Coquillard ne peut pas admettre que le neveu d'un hérétique devienne son gendre !... Cependant, il y a deux mois, il s'en est fallu de bien peu qu'il ne donnât sa signature à notre contrat.

BRANDIF. — Je l'ai conservé, ce fameux contrat, qui fut tant discuté, accepté à grand'peine, et finalement repoussé... Le jour où le père de mademoiselle Louise voudra bien s'y décider, il n'aura plus qu'à apposer sa griffe tant désirée... Mais je doute fort que ce jour luise bientôt pour vous, mes pauvres enfants.

LÉONARD. — Figurez-vous, mon oncle, M. Coquillard a trouvé encore une combinaison pour nous refuser son consentement. D'abord, il avait posé comme condition votre conversion politique et religieuse. Aujourd'hui, il a quelque peu rabattu de ses prétentions ; mais ce qu'il a imaginé n'en est pas moins très original. Demandez à mademoiselle Louise.

BRANDIF. — Voyons.

LOUISE. — Il paraît que, cette année, à Lourdes, indépendamment du pèlerinage, il y a une loterie...

LÉONARD. — Une loterie dont M. Coquillard a placé cinquante billets dans le village...

LOUISE. — Le gros lot est... devinez quoi !

BRANDIF. — Une indulgence pour les âmes du purgatoire ?

LÉONARD. — Mieux que cela.

BRANDIF. — Une botte de la paille humide du cachot du pape ?

LOUISE. — Vous n'y êtes pas encore.

BRANDIF. — Quoi donc ?

LÉONARD. — Le corps embaumé d'un saint.

BRANDIF. — Une momie ?

LOUISE. — Une relique, découverte par le R. P. Bailly. directeur du fameux journal *La Croix*, auquel mon père est abonné, et le grand promoteur, inventeur, organisateur de tous les pèlerinages...

BRANDIF. — Une relique !... Et quel est ce saint-là, dont le corps a été si inopinément et si merveilleusement découvert ?

LÉONARD. — Le grand saint Pancrace !...

BRANDIF, *riant.* — Ah ! ah ! ah !... Elle est bien bonne, celle-là... Il n'y a que l'illustrissime père Bailly pour faire de telles découvertes et savoir si bien les utiliser... Mais quel rapport existe-t-il entre cette sainte momie et votre mariage ?

LOUISE. — Voici... « Si Notre-Dame de Lourdes, a dit mon père en partant, si Notre-Dame de Lourdes m'accorde la faveur de faire gagner à notre paroisse le glorieux corps de saint Pancrace, ce sera une preuve éclatante de sa prédilection pour moi, et certain qu'elle ne saurait plus rien me refuser, je consentirai à laisser entrer dans ma famille le neveu d'un hérétique ; car je serai sûr de sa prompte conversion. »

BRANDIF, *riant.* — Eh bien ! mes enfants, souhaitons que la paroisse de Val-de-Fesq gagne la sainte carcassé !

LOUISE. — Et si la paroisse perd ?

BRANDIF. — Vous attendrez, nous attendrons encore.

LOUISE. — Oh ! c'est bien ennuyeux d'attendre tant que cela !

LÉONARD. — Et pour un motif aussi déraisonnable ! (*Entre un villageois.*) Ah ! voilà le père Tourniquet, qui vient se faire raser. (*Au villageois :*) Dans une minute, je suis à vous, monsieur Tourniquet.

Le villageois entre dans la boutique. A ce moment, Ursule arrive par la gauche, en contournant la mairie. Quand elle est devant la porte de Coquillard, elle aperçoit Louise.

SCÈNE III

LÉONARD, BRANDIF, LOUISE, URSULE.

URSULE. — Comment! Louise ici?

LOUISE. — Ah! ma tante...

Ursule aperçoit tout à coup Brandif, donc le visage est à moitié rasé et barbouillé de savon : elle pousse un cri.

URSULE. — Le diable! le diable!... Oh! Jésus! Marie! Joseph! ayez pitié de moi!...

BRANDIF. — Allons, bon! elle me prend pour le diable maintenant.

URSULE, *se remettant de sa frayeur.* — C'est l'hérétique!... Je ne me suis pas trompée de beaucoup... (*A Louise :*) Hé quoi! mademoiselle, malgré mes injonctions formelles, vous profitez de mon absence pour frayer avec ces huguenots, ces suppôts de l'enfer!...

LOUISE. — Ma tante Ursule...

URSULE. — Il n'y a pas de tante Ursule ici!... Il y a une chrétienne qui frémit à l'aspect de monstres dévorants; il y a une colombe qui tremble de devenir la proie de deux serpents enfantés par le démon; il y a un chérubin qui ne veut pas voir ses blanches ailes souillées par le contact des esprits infernaux... Ma nièce, je ne suis pas votre tante!... Je suis la Foi indignée... Allons, rentrez à la maison... et tout de suite!

Louise rentre.

LÉONARD, *à Ursule.* — Mais, mademoiselle, nul de nous ne cherche à changer les croyances de mademoiselle Louise.

URSULE. — Hou! hérétique, taisez-vous!

Brandif rit.

LÉONARD. — Cependant...

URSULE. — Taisez-vous, damné!... schismatique!... iconoclaste!...

BRANDIF, *s'avançant.* — Mademoiselle Coquillard...

URSULE, *se sauvant chez elle.* — Arrière, Belzébuth!... Ne me touche pas! (*Elle fait un signe de croix précipité.*)

BRANDIF. — Mais...

URSULE. — *Vade retro, Satanas!*

Elle ferme la porte sur elle. — Brandif et Léonard se regardent et éclatent de rire. — Le villageois frappe contre une vitre de la boutique, à droite.

LÉONARD. — Le père Tourniquet s'impatiente. Retournons à votre barbe, mon oncle.

Brandif et Léonard sortent par la droite. — Entrée de Coquillard, arrivant par le fond; il porte de chaque main une valise.

SCÈNE IV

COQUILLARD, *seul* — puis URSULE et LOUISE.

COQUILLARD. — Ouf! je n'en puis plus... Personne pour m'attendre à la gare... Ma fille et ma sœur n'auraient-elle pas reçu ma lettre?... Je ne devais arriver que demain; mais comme le tirage de la loterie a été avancé d'un jour, je suis parti un jour plus tôt... Parions que notre ivrogne de facteur, avec sa manie de s'arrêter à tous les cabarets, n'aura pas encore porté ma lettre à la maison... Enfin, je suis arrivé; c'est l'essentiel.

Il frappe chez lui.

URSULE, *du dedans.* — Qui est-ce?

COQUILLARD, *à la porte de la maison.* — C'est moi.

URSULE, *du dedans.* — Ce n'est pas le diable, au moins?

COQUILLARD. — Puisque je te dis que c'est... (*A ce mot, il est pris d'une vive douleur au gosier, comme s'il étranglait* :) Ah! ah! ah!... (*Repos.*) Oh! mon Dieu! mon Dieu! (*Nouvel étranglement.*) Ah! ah! ah!... (*Nouveau repos; puis, soupir de satisfaction.*) C'est passé.

URSULE, *entrebâillant la porte.* — Coquillard! (*Elle ouvre, et entre en scène. Ils s'embrassent.*) Mais ne devais-tu pas arriver que demain?... (*Appelant* :) Louise, ton père!

COQUILLARD. — N'avez-vous donc pas reçu une lettre ce matin?

URSULE. — Mais non!

LOUISE, *entrant.* — Papa! (*Elle l'embrasse.*) Eh bien, avons-nous gagné saint Pancrace?

COQUILLARD. — Hélas! c'est le numéro 189 qui est sorti!

URSULE. — 189?

COQUILLARD. — Et les billets que j'ai placés dans la paroisse vont de 651 à 700!..,

LOUISE. — Oh! que cela est contrariant!

COQUILLARD. — A qui le dis-tu, ma fille?... Je suis furieux.

URSULE, *le débarrassant de ses valises.* — Et quelles nouvelles apportes-tu de Lourdes?... Y a-t-il eu des miracles, dis, Trophime?

COQUILLARD. — Des miracles?... Je crois bien!... Il y avait, d'abord, une dame qui n'avait jamais pu avoir... d'enfant... Elle a passé un mois à la grotte; elle a fait trois neuvaines à saint François Régis, et, quand elle est partie, ç'a été constaté par le médecin...

LOUISE. — Quoi?

COQUILLARD, — Cela ne te regarde pas, curieuse... (*A Ursule* :) Il paraît que cette fois ça y était.

URSULE. — Loué soit le ciel !... Voilà un mari qui aura le droit d'être fier...

COQUILLARD. — La postérité du juste...

URSULE. — Et puis ?

COQUILLARD. — Et puis, il y avait un pauvre diable qui était borgne... Il s'est plongé dans la piscine, et, quand il en est sorti, il était aveugle...

URSULE. — Aveugle ?

COQUILLARD. — Attends... Notre-Dame de Lourdes avait accompli ce premier miracle pour éprouver sa foi... Le lendemain, l'infortunée est parti, et il paraît qu'en route il a totalement recouvré la vue.

URSULE. — Jésus ! Marie ! Joseph !

COQUILLARD. — On nous l'a annoncé, au prône.

LOUISE. — C'est M. Boulingaud, le nouveau maire, qui aurait besoin d'aller à Lourdes !...

URSULE. — Est-ce tout ?

COQUILLARD. — Il y a encore... (*Nouveau jeu de l'étranglement*). Ah ! ah ! ah !

LOUISE et URSULE. — Qu'est-ce que c'est ?

COQUILLARD, *se remettant*. — Ça, c'est ce qui m'est arrivé, à moi.

URSULE. — Tu es miraculé, Trophime ?

COQUILLARD, *étranglant*. — Ah ! ah ! ah !... J'é... j'é... j'étrangle !

LOUISE. — Bon Dieu ! qu'est-ce donc ?

COQUILLARD, *se remettant*. — C'est passé... Il faut que je vous dise... C'est à Lourdes encore... Après le dîner, je me livrais au nettoyage de ma mâchoire... Un faux mouvement... je ne sais comment cela s'est fait... j'ai avalé mon cure-dents...

LOUISE. — De sorte ?...

COQUILLARD. — Il est resté là... en travers... dans le gosier... (*Etranglant* :) Ah ! ah ! ah !... (*Il demande par signe qu'on le tape dans le dos.*) Ah! ah! ah! (*Louise le tape dans le dos. — Se remettant :*) C'est passé.

URSULE. — M'as-tu rapporté un flacon d'eau de la source... pour mes rhumatismes?

COQUILLARD. — Des flacons, des médailles, des scapulaires... J'ai des provisions de tout.

URSULE. — Et pour Mme Branchu qui est si malade?

COQUILLARD. — Mme Branchu?... Je n'ai pas attendu à aujourd'hui pour soulager cette sainte femme... Il y a trois jours, elle a dû recevoir une bouteille que je lui ai expédiée de Lourdes même.

Bruit de voiture.

LOUISE. — Le camion du chemin de fer.

Le camionneur entre, tenant à la main son bulletin.

SCÈNE V

COQUILLARD, URSULE, LOUISE, UN CAMIONNEUR, — puis, UN HOMME DE PEINE.

LE CAMIONNEUR. — Tiens, cette porte de la mairie est aussi fermée?... C'est fermé de partout alors?...

COQUILLARD. — Qu'est-ce donc? qu'y a-t-il?

LE CAMIONNEUR. — C'est un colis à l'adresse de Monsieur le maire de Val-le-Fesq.

LOUISE. — Fort bien; mais M. Boulingaud s'en est allé se promener, et on ne sait pas quand il reviendra.

LE CAMIONNEUR. — Sapristi! avec ça que j'ai le temps de revenir!...

COQUILLARD. — Si vous voulez déposer l'objet chez moi?...

LE CAMIONNEUR. — Ce n'est pas de refus.

Il ressort et rentre aussitôt avec un homme de peine; à eux deux, ils portent une énorme caisse.

LE CAMIONNEUR. — Je ne sais pas ce qu'il y a là-dedans; mais c'est diablement lourd.

Ursule donne une valise à Louise, ouvre la porte aux deux hommes, et les aide à entrer le colis.

COQUILLARD, *à Louise.* — J'ai apporté une petite madone en bronze, pour Monsieur le curé. Elle a été bénite là-bas. (*Il tire une statuette de sa poche.*) Je vais tout de suite la lui remettre.

Un garçon pharmacien sort de chez Brandif et entre chez Léonard.

LOUISE. — Comment! papa, tu n'entres pas te reposer?

COQUILLARD. — Le temps d'aller au presbytère et de revenir...

LOUISE. — Mais, papa...

COQUILLARD. — Le devoir avant tout!

Les deux hommes sortent de la maison, saluent en passant, et s'en vont. — Bruit de voiture, qui part. — Ursule paraît sur le seuil. — Le garçon pharmacien ressort de chez Léonard et rentre chez Brandif.

URSULE, *à Coquillard.* — Où vas-tu, Trophime?

COQUILLARD. — Faire ma première visite à Monsieur le curé. Dans cinq minutes, je serai là.

Sortie de Louise et d'Ursule. Coquillard se dirige vers la droite. — A ce moment, Brandif rasé quitte la boutique du perruquier. Coquillard l'aperçoit, détourne la tête et sort précipitamment.

SCÈNE VI

BRANDIF, *seul.*

BRANDIF. — Tiens! le pèlerinard est arrivé... Sans doute, il aura apporté des tonneaux de son eau miraculeuse... De quoi donner la diarrhée à tout le village!... Justement, on vient de m'appeler pour une ordonnance; c'est de la part du médecin de la mère Branchu... Pauvre vieille! depuis trois jours, elle est au plus mal... Si Coquillard s'en mêle, elle est f... flambée.

Brandif rentre dans sa pharmacie. — Au moment où il ferme la porte sur lui, Coquillard revient impétueusement par le côté d'où il était sorti.

SCÈNE VII

COQUILLARD, *seul;* puis, URSULE et LOUISE.

COQUILLARD, *traversant la scène de droite à gauche.* — O ciel! quelle idée vient de traverser mon cerveau!... quelle fusée!... quel éclair!...

Il frappe violemment à la porte. — Ursule et Louise paraissent.

URSULE. — C'est encore toi?

LOUISE. — Déjà de retour, papa?

COQUILLARD. — Si tu savais, ma fille!... Si tu savais, Ursule!...

TOUTES DEUX. — Quoi?

COQUILLARD. — Ah! je veux en avoir le cœur net... Ursule, vite, vite, la liste des billets que j'ai placés...

Ursule rentre dans la maison.

LOUISE. — Mais, qu'est-il arrivé, papa?... Pourquoi cette émotion?

COQUILLARD. — C'est une émotion bien légitime, ma fille... Tu sais, le colis qui vient d'arriver, adressé à Monsieur le maire de Val-le-Fesq?...

LOUISE. — Cette grande caisse qui est pour M. Boulingaud?

COQUILLARD. — Oui.

LOUISE. — Eh bien?

COQUILLARD. — Elle me trotte par la tête, cette caisse... Je m'en allais donc, me dirigeant du côté du presbytère, et pensant malgré moi à ce numéro 189 qui a gagné saint Pancrace... Ce numéro 189 semblait voltiger devant moi... Il allait, il venait, tournait et retournait, si bien que tout à coup, en exécutant sa danse vertigineuse sous mes yeux, ce diable de numéro 189 s'est placé sens dessus dessous... et j'ai vu... j'ai vu...

LOUISE. — Tu as vu?...

COQUILARD. — J'ai vu que 189 renversé fait 681.

LOUISE. — Et alors?

COQUILLARD. — Tu ne comprends pas?... Mais le numéro 681 fait partie des cinquante billets que j'ai placés dans la paroisse!... Si c'était 681, et non 189, qui ait gagné!... Si c'était moi qui aie mal vu le numéro, quand il est sorti de l'urne!... Si Boulingaud était le propriétaire du numéro gagnant!... Si le colis qui vient d'arriver était le glorieux corps de saint Pancrace!... Oh! mon Dieu, mon Dieu! ce serait trop de bonheur...

URSULE, *entrant avec un papier à la main.* — Voici la liste en question.

COQUILLARD, *la lui prenant des mains.* — Voyons... (*Il parcourt la liste* :) 651... 660... 670... 680... (*Poussant un cri* :) Ah! 681, Boulingaud... c'est Boulingaud!... O joie! ô félicité! ô ivresse! nous avons gagné saint Pancra... (*L'étranglement le reprend* :) Ah! ah! ah!... (*Il frappe du pied; puis, son visage se calme tout à*

8

coup :) C'est passé... Miracle ! cette fois, c'est bien passé !

URSULE. — Quoi ?

COQUILLARD. — Mon cure-dents... le cure-dents qui était là en travers... Je viens de l'avaler tout à fait... je le sens... Il descend... il est descendu... Je suis sauvé !... (*Se découvrant et montrant un crâne dénudé, tout garni d'excroissances de chair semblable à des pommes de terre :*) O saint Pancrace, merci ! (*Il remet son chapeau.*)

URSULE, *stupéfaite*. — Mais de quoi s'agit-il ?

COQUILLARD. — La caisse qu'on a apportée tout à l'heure... sais-tu ce qu'elle contient ?

URSULE. — Non.

COQUILLARD. — Le corps de saint Pancrace... C'est décidément Boulingaud qui l'a gagné.

URSULE. — Doux Seigneur ! est-ce bien possible ?

COQUILLARD. — Non seulement c'est possible, mais cela est... Réjouissons-nous... Oh ! oui, réjouissons-nous !

LOUISE. — Alors, papa, tu consens à mon mariage avec M. Léonard ?

COQUILLARD. Ton mariage ?... Ah ! en effet, c'est vrai... je t'ai promis que si saint Pancrace... Eh bien, oui, je consens.

Le villageois que l'on a appelé Tourniquet paraît, rasé, à la porte du barbier. Il traverse la scène et s'en va. Léonard se montre sur le seuil de sa boutique ; Louise va à lui.

SCÈNE VIII

COQUILLARD, LOUISE, URSULE, LÉONARD.

URSULE. — Trophime, tout à l'heure j'ai aidé les employés du chemin de fer à entrer chez nous la précieuse caisse... J'ai souvenir qu'elle m'a heurtée dans l'escalier.

COQUILLARD. — Eh bien ?

URSULE, *avec joie*. — Je ne sens plus mes rhumatismes !

LÉONARD, *qui vient de causer avec Louise*. — Serait-il vrai, monsieur Coquillard, que vous daigneriez enfin m'accepter pour gendre ?

COQUILLARD. — Oui, cela est vrai.

LÉONARD, *voulant lui serrer la main*. — Oh ! monsieur...

COQUILLARD, *se dérobant à son étreinte et lui montrant le ciel*. — Ce n'est pas moi qu'il faut remercier, jeune homme, c'est saint Pancrace...

URSULE. — Oui, hérétique, remerciez le grand saint qui a fait ce miracle...

COQUILLARD. — Et grâce à l'intercession duquel vous serez convertis avant un mois, vous et votre oncle Brandif.

LÉONARD. — Je vais lui faire part de la bonne nouvelle.

Il va à la pharmacie. — Rentrée de Boulingaud, ses clefs à la main.

SCÈNE IX

COQUILLARD, LOUISE, URSULE, BOULINGAUD.

BOULINGAUD, *se parlant à lui-même*. — Voilà demi-heure que je me promène à travers champs... Mes administrés ont eu le temps d'enrager... Je vais ouvrir la mairie...

LOUISE, *qui l'a aperçue*. — Papa, voici M. Boulingaud.

COQUILLARD, *allant à Boulingaud*. — Hé ! monsieur le maire !...

BOULINGAUD, *l'apercevant.* — C'est Coquillard. (*Il lui donne une poignée de main.*) Eh bien, ce voyage?...

COQUILLARD, *criant.* — Excellent... Mais parlons de vous... Vous avez gagné saint Pancrace.

BOULINGAUD. — Plaît-il?

URSULE, *lui criant dans l'oreille.* — Vous avez gagné saint Pancrace!

BOULINGAUD. — De la crasse?... Où ça, de la crasse? (*Il regarde ses vêtements.*)

COQUILLARD, *hurlant, en levant un doigt au ciel.* — Saint... Pan... crace!

BOULINGAUD. — Le temps est à l'orage?... Mais non, mais non... Je viens de faire une petite promenade à travers champs...

LOUISE, *à part.* — Quel pot!

BOULINGAUD. — Et j'ai vu des nuages rouges à l'horizon.

URSULE, *à Coquillard.* — Inutile de lui expliquer la chose maintenant.

COQUILLARD. — C'est vrai; par le fait, c'est la paroisse, plutôt que lui, qui a gagné la sainte relique.

SCÈNE X

LES MÊMES, plus LÉONARD et BRANDIF.

BRANDIF, *entrant avec un papier à la main.* — Monsieur Coquillard, mon neveu m'apprend à l'instant même...

URSULE, *reculant, en faisant un signe de croix.* — Hou! le huguenot!

BRANDIF, *sans s'émouvoir.* — Mon neveu m'apprend à l'instant même votre heureuse détermination. Vous consentez enfin à faire son bonheur et celui de votre fille; j'ai donc apporté le contrat que vous aviez accepté il y a deux mois et auquel vous deviez donner votre signature, lorsque...

COQUILLARD, *l'interrompant.* — Lorsque Notre-Dame de Lourdes me fit savoir qu'il n'était pas encore temps...

URSULE. — Tu te trompes, Trophime... Ce n'est pas Notre-Dame de Lourdes qui t'inspira ce jour-là.

COQUILLARD. — Tu crois?

URSULE. — Non; c'est Notre-Dame de la Salette que j'avais invoquée à ton intention, en disant un chapelet.

BRANDIF. — Quoi qu'il en soit...

COQUILLARD, *l'interrompant.* — Quoi qu'il en soit, j'ai changé d'idée... Cette fois, je crois qu'il est temps; car ma famille n'aura pas reçu dans son sein deux hérétiques.

(Boulingaud pend, à la porte de la mairie, le tableau des publications officielles.)

BRANDIF. — Vous dites?

COQUILLARD, *avec conviction.* — Je dis qu'avant un mois la foi vous illuminera de tous ses feux.

BRANDIF, *à part.* — Oui, compte là-dessus. (*Haut :*) Enfin, vous nous donnez votre signature?

COQUILLARD. — Sans hésitation. C'est un trop beau jour qu'aujourd'hui! un bien beau jour pour nous tous!... Passez-moi le contrat; dans une seconde, je vous le rends.

Brandif remet le contrat à Coquillard, qui entre vivement chez lui. — Léonard remonte au fond, vers Boulingaud.

LÉONARD. — Eh bien, monsieur Boulingaud, vous allez avoir à faire une publication de mariage.

BOULINGAUD. — Le temps est à l'orage?... Encore un qui prétend que le temps est à l'orage!... Ah çà! qu'est-

8.

ce qu'ils ont tous aujourd'hui?... Puisque je vous dis que j'ai vu des nuages rouges!...

LÉONARD, *criant.* — Il faut publier nos bans.

BOULINGAUD. — Mauvais temps?... Vous me faites rire... Il fera très beau...

LÉONARD, *hurlant.* — J'épouse mademoiselle Louise!

BOULINGAUD. — Il souffle de la bise?... (*Haussant les épaules :*) Allons donc!... vous êtes fou.

Léonard fait un geste de mauvaise humeur et redescend à l'avant-scène, ainsi que Boulingaud. — Rentrée de Coquillard, son papier à la main.

COQUILLARD, *à Brandif.* — Là, êtes-vous content?... C'est signé.

BRANDIF, *prenant le papier, l'examinant et le mettant dans sa poche.* — Parfait... A quand la noce?

LOUISE. — Au plus tôt, papa.

COQUILLARD. — Au plus tôt.

SCÈNE XI

LES MÊMES, plus GALURIN.

GALURIN, *ivre, entre en titubant et fredonnant :*

Je suis le facteur rural...
Un bel état... Mais c'est égal,
Il faut se donner du mal,
Quand on est facteur rural!

COQUILLARD. — Voici Galurin.

BRANDIF. — Il a son compte.

LÉONARD. — Comme toujours.

GALURIN. — Lettres!... Il y a une lettre pour môssieu le Maire de Val-le-Fesq. *(Il la remet à Boulingaud)...*

Et une lettre pour mademoiselle Ursule Coquillard. (*Il la remet à Ursule.*)

URSULE, *à Coquillard.* — Justement, c'est celle que tu m'as écrite de Lourdes. (*Elle la décachette.*)

GALURIN, *tendant la main.* — C'est trente centimes.

COQUILLARD. — Comment! trente centimes?... Il me semble, cependant, que j'avais affranchi. (*Il donne les six sous au facteur.*)

LOUISE, *bas, à Léonard.* — Ça, c'est encore un miracle.

Galurin sort.

BOULINGAUD. — Monsieur Brandif!...

BRANDIF. — Eh bien, quoi?

BOULINGAUD, *ne l'apercevant pas et criant.* — Monsieur Brandif!... Monsieur Brandif!...

BRANDIF. — Qu'est-ce qu'il y a?

BOULINGAUD, *sans le voir et criant toujours.* — Monsieur Brandif!... Ah çà! il est sourd, cet animal-là!... (*Se rencontrant nez à nez avec Brandif* :) Enfin, vous voici... (*Il lui tend la lettre* :) Tenez, c'est une lettre pour vous... Il s'agit d'une commande que vous aviez faite à Paris... quand vous étiez maire...

BRANDIF, *parcourant rapidement la lettre.* — En effet, on m'avise de l'arrivée de cette commande par grande vitesse... Eh! mais, au fait, Galurin a deux heures de retard; vous devez avoir reçu l'objet, il y a quelques minutes... (*Criant, à Boulingaud* :) Cette expédition, l'avez-vous reçue?

BOULINGAUD. — Vous dites?

BRANDIF, *hurlant.* — L'avez-vous reçue, cette expédition?

BOULINGAUD. — Si nous avons le dessus aux élections?... Je n'ai pas de nouvelles à ce sujet; mais, bien certainement, l'Ordre-Moral doit avoir eu partout le dessus... excepté ici... Heureusement, en France, on n'est pas partout comme ici, allez!... Affreuse commune!... Enfin, ça m'est égal, je resterai maire malgré vous.

Il lance à Brandif un regard hautain, et remonte.

BRANDIF. — Impossible d'avoir un renseignement... (*A Coquillard* :) Pardon, mon cher ami, ne savez-vous pas si le chemin de fer n'a pas fait remettre tout à l'heure, à la mairie, une grande caisse, portant cette inscription : « A monsieur le maire de Val-le-Fesq »?

COQUILLARD. — Parfaitement... saint Pancrace.

BRANDIF, *ne comprenant pas.* — Saint Pancrace?

COQUILLARD. — Mais oui, le corps embaumé... C'est M. Boulingaud qui l'a gagné, à la loterie de Lourdes.

URSULE. — La preuve, c'est qu'à peine arrivé, par le simple contact de sa caisse d'emballage, il m'a guérie de mes rhumatismes.

COQUILLARD. — Et moi, il m'a fait avaler mon cure-dents.

LÉONARD. — Son cure-dents?

Louise explique du geste, à Léonard, que son père avait un cure-dents en travers du gosier.

BRANDIF. — Mon bon monsieur Coquillard, je suis désolé de vous enlever une illusion; mais vous faites erreur... (*Il tend sa lettre à Coquillard* :) La caisse qui est arrivée tantôt contient un ours.

URSULE et COQUILLARD. — Un ours!!!

BRANDIF. — Oui, un ours empaillé, que j'avais acheté pour notre petit muséum.

COQUILLARD, *stupéfait, rendant la lettre.* — Il a raison... C'était bien le numéro 189 qui avait gagné... Mais alors, si cet ours n'est pas saint Pancrace, rendez-moi ma signature, monsieur Brandif.

BRANDIF. — Ah! non, certes!... Une signature se donne, mais ne se reprend pas.

LÉONARD. — Tenez bon, mon oncle.

LOUISE, *suppliante*. — Papa!...

COQUILLARD. — C'est une signature arrachée par surprise!

URSULE. — C'est une infamie!

BOULINGAUD, *intervenant*. — Vous dites qu'il fait nuit?... Décidément, ils radotent tous; il est précisément midi.

BRANDIF, *à Coquillard*. — Voyons, soyez juste; vous disiez, il n'y a qu'un instant, que par l'effet de ma précieuse caisse vous aviez avalé...

COQUILLARD. — Un cure-dents... En effet, un mouvement de joie...

BRANDIF, *à Ursule*. — Vous, mademoiselle, vous avez été subitement guérie de vos rhumatismes...

URSULE, *se rebiffant*. — Pas du tout, pas du tout... Ils me reviennent, maintenant..... Je les sens!

COQUILLARD, *vaincu*. — Enfin, ce qui est fait est fait... Puisse le ciel me pardonner cette signature donnée dans une bonne intention!

LÉONARD. — Beau-père, vous serez pardonné.

LOUISE. — Alors, nous nous marions?

BRANDIF. — Oui.

LÉONARD, *criant*. — Les bans, monsieur Boulingaud, les bans!... Nous nous marions!

BOULINGAUD. — Vous me demandez ma démission?... Jamais!... J'y suis, j'y reste... jusqu'au bout!...

Rentrée de Galurin.

GALURIN. — Pardon, excuse, la compagnie... Il y a

encore une lettre que j'avais oubliée... C'est pour monsieur Boulingaud.

Il donne la lettre à Boulingaud, et sort; celui-ci l'ouvre.

BOULINGAUD, *après avoir lu.* — Ah! mon Dieu! mon Dieu!...

COQUILLARD. — Qu'y a-t-il?... Ce trouble, cette pâleur subite...

BOULINGAUD, *prêt à se trouver mal.* — Changement de ministère... Je suis révoqué.

URSULE, *avec abattement.* — Le ciel nous retire sa protection.

COQUILLARD. — Je ne reconnais plus, dans tous ces événements, le doigt de Dieu.

BRANDIF, *riant.* — Que voulez-vous, voisin? Peut-être en ce moment a-t-il un panaris!

TABLE DES MATIÈRES

DU TROISIÈME VOLUME

Sceaux. — Imp. E. Charaire.

www.ingramcontent.com/pod-product-compliance
Lightning Source LLC
LaVergne TN
LVHW012009220826
846092LV00001B/284

* 9 7 8 2 3 2 9 7 7 3 8 4 1 *